三年二班的日子

余嘉　著

中国妇女出版社

图书在版编目（CIP）数据

三年二班的日子 / 余嘉著．-- 北京 ：中国妇女出版社，2024.2
ISBN 978-7-5127-2327-6

Ⅰ．①三… Ⅱ．①余… Ⅲ．①散文集－中国－当代
Ⅳ．① I267

中国国家版本馆 CIP 数据核字 (2023) 第 194126 号

责任编辑：应 莹 王琇瑾
封面设计：邓小林
责任印制：李志国

出版发行：中国妇女出版社
地 址：北京市东城区史家胡同甲 24 号 邮政编码：100010
电 话：(010) 65133160（发行部） 65133161（邮购）
网 址：www.womenbooks.cn
邮 箱：zgfncbs@womenbooks.cn
法律顾问：北京市道可特律师事务所
经 销：各地新华书店
印 刷：三河市中晟雅豪印务有限公司

开 本：165mm × 230mm 1/16
印 张：11.5
字 数：110 千字
版 次：2024 年 2 月第 1 版 2024 年 2 月第 1 次印刷
定 价：59.80 元

第五排左起：沈　丰　薛心宇　周志鹏　张　超　徐　鑫　孙吉明　黄希益　刘豪杰　姚思源

第四排左起：严宁鹏　陆倚敏　刘海健　马志扬　王明哲　周孟达　王海永　曹亚宏　贾　锋

第三排左起：朱苏敏　张　轩　崔晨曦　黄洁怡　曹　影　吴雪仪　纪业成　孙文静　黄　静　俞玉婷

第二排左起：梁新月　谈心怡　吴静宜　陈　洁　朱　婷　徐　华　时　愔　江　燕　王　虹　徐百荟　王文文

第一排左起：赵　菁　俞斐玥　王云霞　孙林根　王高才　张剑华　马忆兰　邓志敏　余　嘉　陆振球

2014 届高三（2）班毕业照

高二春游

会考结束啦

校运动会三年二班的入场式

校运动会上的“四大才子”和“秋香”

班级“微体育”——拔河

班级“微体育”——跳绳

三年二班成人礼

序

在一个温暖的下午，我拿到这本书，原本只打算简单翻翻，结果被这些年轻的小儿郎、小娘子吸引，一口气读完。站在二楼办公室的窗栏边，初春的校园已是一片欣欣向荣的景色，无论是香椿树枝头的娇嫩新绿，还是同学们脸上洋溢着的耀眼青春，无不彰示着这所百廿老校的活力、所有教职员工的付出以及我们努力推行的教学改革实践成果。

这是一个有爱的老师，写给一个有爱的班级的一些有爱的文字。在这些文字中，你可以读到许多有趣、感人的故事，认识许多可爱可亲的人物；你会被感染，想起自己正在经历或曾经拥有的学生时代，那些永远灿烂、永不褪色的青春年华。不仅如此，你还会对教师这个职业产生更清晰和更全面的认识。你会认识到，教师其实也是有血有肉、有温情、有错漏的普通人。也正因如此，教师的热诚和奉献才显得更加可贵，教师与学生相处中所表现出的人格魅力才显得更加真实。

读完这些文字，我感触很深。教育从来都不是一件简单的事，也无法用一个词语来形容，更不能用一个概念来定义。教育不仅仅是狭隘的知识传授和成绩判定，教育还是爱、是赏识、是理解、是尊重、是放手、是反思、是引导，以及在塑造学生品格过程中所有的努力。教育必须用心灵来交换、用行动来践行、用时间和无比的耐心来陪伴和等待。著名哲学家雅斯贝尔斯说，教育意味着“一棵树摇动一棵树，一朵云推动一朵云，一个灵魂唤醒一个灵魂”。因此，如何将校训“高尚纯洁之品格”在教育中落到实处始终是我们“桃坞人”思考的问题。在每个“桃坞人”心中都有一个美好的教育梦，那就是通过学习和生活的点滴，由价值观培育学生品质美，由课程文化构建学生品性美，由示范教育践行学生品行美，进而形成学生的社会心理，塑造学生的社会品格，从而使每一个走出桃坞中学的学生都具有“高尚纯洁之品格”。要做到这些真的不容易，但我们一直在努力。这本书也是我们的众多努力之一。

如果你是这本书的主人公之一，或许你在毕业后忙于发展，难以经常回到母校，但只要你翻开了书，老师、同学们以及高中生活的点点滴滴一定会在你脑海中鲜活起来。如果你只是无意中看到这本书，或许你永远不会认识书中的任何一个人，但这些都不妨碍你在闲暇时感受他们定格在书中的笑容，记录在书中的青春，鲜活在书中的记忆，充溢在书中的深情。那些或熟悉或陌生的老师和同学们，他们无悔的付出、赤诚的心灵、率真的言语、积极的追求、自由的灵魂以及幽默、大方、诚实、无私等种种美好的品格，会不会让你想起自己曾经拥有的美好？会不会让你露出会心的微笑？会不会让你在逆境中对生活再次充满热忱？会不会让你在困境中对事业再次燃起斗志？

感谢三年二班的小儿郎和小娘子们，也感谢班主任余嘉老师，他们用自己的笔记录下心中的师生之情和高中生涯，这将是他们一生中最值得珍藏的瑰宝。

这些文字感动和温暖着我的心，我希望能和每一位正在阅读的你分享这些故事，也希望你能获得同样的感动和温暖。谨以此篇，对所有的老师和同学们表示感谢。

李雷蕾

于桃坞深处

目　录

辑一　三年二班的小儿郎

辑二　三年二班的小娘子

附录 我眼中的他（她）

辑一

三年二班的小儿郎

长大

赤子真心之豪杰篇

从豪杰讲起，确实有缘由。偶然开始写“三年二班”这个系列，就源于一次无意中所见。

那天午自习，我气势汹汹地冲进教室捉迟到的人，铃声响完，还有几个位置空着。我拉长脸，站在教室门口，边等迟到的人自投罗网，边向教室里的人展示我的臭脸，以示我很不高兴。

很快，三四个身影从窗口晃过，正打算从后门晃进来，被我一声怒喝，又都乖乖地挤到前门，站着不动了。

我这才看见他们每个人手里都搬着一桶纯净水——那一桶，很重呢！而教室里的饮水机边儿上，果然一桶水都没有了。我有些讪讪，感觉就像是儿子给我送上糕点，却被我不耐烦地赶走。我感到后悔、内疚，可又没法儿立刻变脸，只能用下巴胡乱示意他们放下水桶进教室。

班长乖乖地进去了，锋哥乖乖地进去了，徐鑫乖乖地进去了。豪杰也乖乖地进去了，可进去后，他却“左手、右手一个慢动作”，用打太极拳般的姿势，委屈地描述自己看到水桶空了，就下楼去搬水的心路历程。

全班爆笑。我也笑了，耳边却无端地响起那首歌——“好儿郎，浑身是胆，壮志豪情四海远名扬！”

豪杰其实一点儿都不壮志豪情，更不英伟豪勇，在班里因为“臭话”多著称，每天以和女生斗嘴为乐，并且致力于让大家一起欢乐。他乐到不能自已时，脸皱得没一块平整地儿，就像在抽搐！他最本质的属性，是热爱并积极参与班级事务，可以这样形容：有主人翁意识。这个评语对他来说就是一种“折辱”——他好像从来就没有把班级和自己分开过。所有的班级事务，在他那里都是即使抓耳挠腮、扯心扯肺也要做好的个人事务！高二分班前，他是隔壁三班的，他当时的班主任小莉老师总是扯着个嗓子在办公室里大喊“刘——豪——杰”，然后他就会像被召唤的神兽一样嗖地立马出现，乐颠颠地干各种各样的班级事务。

所以，如果只浅浅相交，你会以为他是个缺根筋的人，或者只把他当作惯于自秀的搞怪党，你也就错失了一颗坦率、真诚、火热的赤子之心。

还记得刚刚升入高三时学校组织的那场关于“感恩”的励志讲座吗？大家在操场上席地而坐，主讲人动用各种手段渲染出的气氛已经让不少女生潸然泪下。最后主讲人又让站在队尾的班主任们走到队伍前列，接受同学们的谢意。中国人习惯含蓄，当时大家都觉得略显尴尬，却不得不配合着往前走。我正走着，豪杰被同学鼓动，从地上一跃而起，冲出来就把我一个“公主抱”送到了队伍最前头，引起全场哗然。后来回到办公室，同事们调侃我，说我极有成就，赢得学生的真心喜爱；我自己则嬉笑着回应，说自己太胖，所以豪杰脚步踉跄。然而唯有我知道，我心底是何等的感动；唯有我班里的人知道，豪杰做事，从不会考虑“应该”或者“可能”等利弊得失，他想做，就做了，就像初生的婴孩一样。

细想来，他虽学习成绩不顶尖，长得不是最帅，性格不够高冷，也没有可以夹住硬币的壮硕胸肌，但就为他不怨天尤人，不自怨自艾，努力且倔强地活出开心、奔放的赤子之心，他真的当得起“豪杰”二字。

写于2014届高三（2）班毕业九年后：三年二班毕业好几年后，我突然接到一个电话，信号断断续续，说起话来很是费劲。原来是豪杰，他大学毕业后选择了参军。那天他跟我打了一个小时的电话，讲述部队的趣事，即使信号断续远比顺畅的时候多，但他的热情欢快还是汩汩地从话筒里直往我耳朵里灌。那一个小时多珍贵啊，宝贵的时间、真诚的牵挂、值得珍惜的孩子。复员后，豪杰回苏州进了一家航空母舰式的超大装饰公司做电气工程师，却依旧是那个捧着一颗真心的赤子，搞怪、可爱、赤诚。每至节日，豪杰都会在常常寂静的班级微信群里“跳出来”向大家问好、发红包，自动化身“氛围组”，好像飒爽的军营和高压的上市公司，都没有改变他哪怕一个细胞。

多情公子之吉明篇

吉明是班长，具体地说，在我所带班级连续三年担任班长，也是从教这么多年来唯一一个我亲自任命的班长，数学成绩在班里一直遥遥领先。他酷爱足球，在七月骄阳下带领学校足球队驰骋市运会的绿茵场。当时，他作为主要组织者，还找我担任领队。后来，我还就此写了一篇文章。他还会趁班里组织团员义务劳动的机会请同组的人大嚼美味的炸里脊肉串，简直就是班长和体育委员完美结合的杰出代表。所以在他的身上应该有我用意念贴上的“青睐有加”“亲密无间”或者其他类似词语的标签。但悲催的是，吉明从未如别的班长那样和我撒个小娇。不过我觉得，吉明应该是像我爱三年二班的所有宝贝一样地爱我。

今天如若不是看到他的转载，我会以为他根本不知道我在QQ空间这样一个公众场合大肆宣传他的光辉形象。这和吉明平时的表现一脉相承。

高二开学，班里急需选出一名数学课代表。我找吉明一说，他很淡定地答应兼任，没有任何犹豫，也没有表现出任何激动。每当期末表彰，他代表班级上台领奖时，仍很淡定，从不因为我们班的“五项常规”评比成绩低而窘迫，也从不因为可以站在闪光灯下而沾沾自喜。在运动会入场式中，我们班的节目需要四位男生扮装耍宝，他捋起袖子就上，不曾因为同学的起哄而临阵脱逃。

所以，上传此文，我毫无压力。吉明公子怎能被一篇略带调侃的文章所左右呢？吉明，用你的淡定之光带动你的“同学”吧，现在的班级多么需要沉静的力量！

写于2014届高三（2）班毕业九年后：我再看到吉明，都是通过他的朋友圈。他时而炫球技，时而炫出游，当然秀得最多的还是恩爱。高中的时候，吉明的理想是做数学老师，副班长海健想做英语老师。结果海健做了英语老师，吉明却去做了房地产开发企业的运营负责人。

带头大哥之贾锋篇

贾锋是被全班同学公认为“哥”的人。“锋哥”这个名号，是昵称，更是尊称，由此可见人们对他为人处世的肯定。

写贾锋，我腹拟了好几个开头，皆不如意，实在是因为贾锋太有内涵，像个洋葱，一层、一层、一层地剥开，直到涕泗横流，还没有到达他的核心。换个说法就是，贾锋是个很能够颠覆你的三观的人。认识他第三年，找他谈话谈了三年，我仍然时不时地被他冷不丁的一句震惊到无语问苍天。

就在前不久，我在某个半公开场合，鼓励大家要做个和贾锋一样勤劳、善良、讷言敏行的人。前两个形容词大家皆无异议，听到第三个，全场哗然——贾锋如果算讷言，全班都是乖宝宝了！最终同学们得出一个结论：余麻麻的眼神很有问题！

但我印象中的贾锋全然不是他们说的那样。

第一次看到他，是在高一新生军训报到的那天。时间仍然是暑假，早晨七点半。我走进教室，看着新生们惴惴不安又向往未知的神情，想着就在两个月前，他们还是刚变声的小小孩，就觉得他们即便做错事都是可以被原谅的。一圈点名下来，我愣住了——我没有想到贾锋会来。明明前一天电话确认的时候，家长说他从电瓶车上摔下来，腿上伤口严重到需要挂水一个星期。明明我同意他不参加军训，家长送张假条即可，他却坚持要求家人把他抬到学校，当面请假。

看着他拄着拐杖吃力地站在我面前，百般郑重的一张脸，我心中感慨万千。这番感慨也深深影响着后来我对他的评价。再加上他身上确实存在着质朴、端厚、奉献、自尊等种种美德，以及刻苦、勤奋、从不敷衍的学习态度，在我眼中，除了肤色黑了一点儿，站姿软了一点儿，眉头蹙了一点儿，贾锋简直就是那“文质彬彬，然后君子”的完美典范。

而贾锋比之君子，还有优点。

在豪杰没有来二班时，默默为班级的饮水机搬水、换水的人多半有他；豪杰来了以后，还有他。当然还有孟达、吉明、希益、徐鑫，以及许多儿郎们。在这里我要对我们大二班里所有我看见的、没看见的，默默给班级搬水、换水的儿郎们道声辛苦，这三年，我从来没有为此操过一次心，从没有指定过谁，班里却从来没有缺过水，谢谢了！

回到贾锋身上。每次找他谈话，看到他紧皱的眉头，听到他对自身的反思，我总疑心自己干了件蠢事，觉得连谈话都会浪费他宝贵的时间。可是徐鑫用他的动作暗示我，贾锋还有大把的时间和吉明、小纪“激情四射”。看到贾锋忧郁的眼神，你以为他常常45°凝眸仰望空中烟花散后的萧索，可事实上他总时不时地趴在课桌上呼呼大睡；在办公室里，他总是一副手足无措、拘束不安的老实模样，可当着全班的面，他却时常语出惊人，让人在阳光下歇斯底里地狂笑！

班里还有谁能像贾锋这样，在憨厚无言的皮囊中，包裹着一颗如此疯狂的心呢？

好吧，在这里，我不得不承认贾锋其实从来没有试图掩饰什么。高一的运动会上，他表演的“擦玻璃”舞已经让他的艺术才华初见端倪；后来的校园文化艺术节中，他和另外几个同学高歌一曲，又让我惊艳他的歌喉；等到运动会入场式“四大才子”齐齐登场，他穿上翠绿色的长袍，在《吉米，来吧》的乐曲中把肩膀扭得那叫一个忘情，更是将他的娱乐气质展示得淋漓尽致。但我总是记着第一次见面时他郑重的面容，而忽视了他再如何掩饰，也不过是个十五六岁的小儿郎，仍然天真淘气，喜欢追逐风尚，热衷恶搞玩笑，这其实和积极向上、刻苦踏实并不冲突，甚至正是这种淘气，才让他们更加朝气蓬勃，让班级更加团结和谐。

走进班级，仿佛走进草长莺飞的三月，每一朵花，每一叶草，都自在伸展，青春逼人。没有一朵花会因为不起眼而放弃开放，三年二班的小儿郎、小娘子们，没有一个人会因为不出色而放弃快乐成长！

都说，做了老师的人会永远年轻，真的真的！我再次证明：有你们，真好！

写于2014届高三（2）班毕业九年后：贾锋大学学的是工程，毕业后回了老家工作，此后很少在班级群里发言。我很牵挂他，甚至有种儿女长大远行、一去渺无音后老母亲的气恼。2月份，我路过贾锋居住的城市，算了算有三小时的空当儿，就在微信上留言说：“贾锋，我在这里，有空见面吗？”很快，他的电话打过来，一迭声地欢喜，然后他开了半个多小时的车，风驰电掣地赶来。我远远地看见他的身影，他小跑着冲过来一把把我抱住，将近一米八的身高，差点儿把我眼泪给引出来。贾锋在老师面前一直很内敛、很沉稳，成年后反而显露出的依恋之情，一下子让我手足无措。找地方坐下后，他说本来下午要去出差，硬是跟老板请了两小时的假。他还跟妈妈说：“班主任来了，我一定要去看看她！”见面的一个多小时，我问了存在心底很久的疑问，他也细说了这些年持续学习的情况。我一直看着眼前这个已经是深受同事信任的技术人员、始终不停止学习的进步青年，感受着他的诚恳、质朴和热烈，觉得他和曾经的那个少年一样，又已经完全不一样。

柔和勇士之希益篇

希益是个很有特点的人，我对他的了解却不算深透。一来可能因为他是高二分班后才进的二班，我和他不曾相识于他初入高中一派青葱懵懂之时，故而无法得到他全心的信赖；二来则大概因为他原本也不惯于和老师们促膝交谈——老师再亲切，对于同学们而言，也是另一时空的生物。

第一次接触，希益就让我吃了个大瘪。

希益写的“蚂蚁体”在本班的“书法艺术”中独具特色，极其考验辨认者的眼力。不知之前十年的语文老师付出过怎样的努力，单从他现在仍淡定地在本子上

“画着蚂蚁”，就可知我的前任们叩膺增叹的悲惨命运。可我还不知死活，竟然交浅言深，妄图用几天来改变他十几年的书写习惯。果然，当我说到第三次的时候，希益顿收憨憨的表情，眼珠子一瞪，嘴角一抽，用下巴微抬、脑袋略歪的强硬姿态，给了我个霸气的回答：干卿底事?

当时我真的震惊了!

从那以后，和希益谈话前，我一定会先打个腹稿，其中要使用无限多的表现手法，隐语、象征、用典、暗示，等等。我生怕哪句话不知不觉就触碰了他敏锐的神经，导致不可逆的后果。也因此，整个高二我对他的了解仍然停留在表层。

改观发生在期末。写评语的时候，为客观全面，我要求同学们每人用简洁的语言总结自己，并按学号顺序，评价一下自己之前和之后的同学。这样，每个人就至少有两位同学对其进行描述品评。对希益的赞美之词让我惊讶，说他为人仗义，心胸宽广，乐于助人。我之前真的没有看出来啊。于是我专门找了文静、小纪，还有洁怡，她们纷纷微笑着向我证实了这一点。

后来，希益和吉明成了好朋友，同进同出，被拉着一起搬作业，一起被我差使，再不曾瞪眼睛。

一次课上，最后一排六个男生因为都卡在同一个问题上被我调教，纷纷被我在姓氏后冠以一个“帅”字。贾帅没问题，孙帅也没有问题。到了希益，他姓黄，可看围观群众都只肯叫他“希帅”，他摇头，尴尬地笑，也不曾瞪眼睛。

再后来，运动会上的入场式，洁怡出了个“四大才子”的鬼马主意，他又被同学起哄着，被迫穿上色泽娇艳的鲜红“才子袍”，和吉明、豪杰、贾锋、小胖（扮演秋香）一起耍宝，同样没有瞪眼睛。

我们太容易被第一印象左右，但第一印象未必真的全面啊！看得准了，叫作识人；看得不准，就叫成见。所以，我私下里就想，其实希益总体上就是个温和的人，那曾经的“惊鸿一瞪”不过是因着他的年少气盛，就像我们的班歌里唱的那样，要“表达自我主张”，要“展现年轻的力量”；而他的“所有喊向未来的理想与张扬，所有冲破捆绑的热爱与癫狂”，都需要撕开蒙蔽双眼的表象，才能直达他柔软的内心。

从这一点来说，希益是个勇敢的人。他敢于坚持自己，敢于只做自己，也敢于“调侃”自己。这样的人，无往而不胜。

写于2014届高三（2）班毕业九年后：后来希益考取了南京的一所学校，我感到惊讶，本以为他会留在苏州。后来知道内情的同学告诉我，他其实是喜欢班里的一位女生，喜欢了三年，就追着她的步伐，考到了和女生门对门的一所高校。三年里，我一点儿端倪没有看出。原来我以为“小小”的学生，也有若斯的长情。后来，他和她一起毕业了；又过几年，结婚了；去年，宝贝出生了。恬谧若斯。

搞笑高手之孟达篇

孟达姓周。在数次不经大脑，冲他大喊“吴孟达”之后，我痛定思痛，果断改口，只叫他“孟达”。这招很有用。除了名字相同，孟达还和香港那位谐星有着同样高超的搞笑本领。

他的表情极其生动，不大的眼睛往中间一挤，眉间一耸，就变成了倒八字眉，左脸颊再微抽，嘴角下撇，那种夸张的“囧”相会让人大笑；他的动作极其夸张，说话时总是手舞足蹈，就像专业搞笑的小品演员。无论是惊惧的、惶恐的，还是无奈的、狂喜的情绪，他都能用简单的肢体语言让你毫无阻碍地理解他想表达的意思。

曾经，小纪和文静拍过一个做各种鬼脸的视频，两个人极尽搞怪，而坐在她们后排无意中入镜、佯装暴汗的孟达却成了亮点。甚至他个人空间里的贴图——一个在路上奔跑的山寨奥特曼，一个被修饰过的牛奶罐上的旺仔，都让我足足笑了三分钟。

所以我上课需要找个人调侃的时候，孟达是我毫无心理障碍的第一人选，豪杰第二，徐鑫第三。

但以上所写都是大家眼中的孟达，不是本文的重点。

有首老歌叫《我这样的男人》，除贾锋外，各位同学估计不知道。歌词摘录如下：

我的脚步想要去流浪
我的心却想靠航
我的影子想要去飞翔
我的人还在地上
我的笑容想要去伪装
我的泪却想投降
我的眼光想要去躲藏
我的嘴还在逞强
我这样的男人
没有你想象中坚强

我这样的男人

在人世间飘荡

……

虽然我不是男生，年少的时候，却也被这首歌打动，至今仍能哼唱。我觉得这首歌唱出了无数少年夜深辗转时矛盾、无奈、渴望而又惶恐的心情，这种心情怕让人知道，又想让人知道。那十五六岁的匆匆流年，是花季，也是雨季。每天早上起床时都想打个响指，每个夜晚入睡前都会彷徨沮丧。

故而，我从不相信，我看到的同学们就是我看到的模样。我不相信那个嘻嘻而笑的孟达，就像他表现得那么尽出洋相。

我是有证据的。校园文化艺术节上，孟达交的手工作品是微雕。在 HB 铅笔细细的芯上，孟达雕出了一只运动鞋，而且还明确地显示出是右脚。鞋底光滑，线条圆润，远看仿佛一个倒放的精致高脚杯，吸引了整个办公室的老师围观。后来不知怎么就断了。当天晚上，孟达又刻了一个更精致的，还细心地用作业纸折了一个笔套，并将作品固定在矿泉水瓶的盖子上。这样，当拧好瓶盖的时候，作品就有了双重的保护。

同学们看到这只鞋子无不惊叹，却不知有没有人和我一样，从他对自己作品的创造性的保护措施中看到他的另一面：不同于他鸡飞狗跳的笔迹，迥异于他怪模怪样的表情，是心细如发，是郑重其事，是一经决定、百折不回的坚持。

我不知道孟达看到上面摘录的歌词，会不会有听到黄钟大吕般的震撼。或许他从没有流浪的梦想，也不曾想要飞翔，或许他的笑容从来坦荡，但从他细若蛛丝的微雕线条里，从他偶尔躲闪的眼光中，我看到了这个十六七岁少年被隐藏的忧伤、快乐以及被他重重遮掩的敏感内心。

但是，孟达，明天再见，我仍然会像对其他所有人一样要求你，甚至继续“调侃”你。毕竟，成长必须有疼痛，躲进壳里独自地舔舐伤口，也是儿郎、娘子们必须学会的本领！

写于2014届高三（2）班毕业九年后：孟达是三年二班的毕业生里和我联系最为紧密的人之一。他做过很多工作，后来运用自己的特长，开了一个手机修理店。门面不大，但因为他为人热心诚信，手又巧，生意很不错。我常找他解决手机问题，每次去，都会有隔壁邻居、亲朋好友找他。只要不涉及更换材料，他都免费帮忙。如你所想，正因为太热心仗义，有一段时间他被朋友拖累，陷入困境。但他没有跟家里人讲一声，自己全扛了下来。过了好一段时间，他妈妈打电话给我才说起这件事，她说："孟达怎么不跟家里人讲一声呢？"是啊，孟达怎么不跟家里人讲呢？你现在看到的孟达早已不是那时的模样，诚恳、热心依旧，而变得更加稳重、谦朴、坚韧，是个男人了。每个少年，都在长大。

十项全能之海健篇

高一升高二的那个秋天，海健从四班转来。拿到分班名单，我向各位原班主任打探新成员的秉性、特长。四班的班主任建哥语带不舍地强烈推荐海健，说他十八般武艺，无不精通——无论是出板报，还是主持班会，帮老师做幻灯片演示文件，或者唱歌跳舞，都不费吹灰之力，轻而易举。我将信将疑，就让海健当了副班长。

建哥没有骗我，班有海健，轻松无限！

他把班会课的任务全盘接手，不用我提示，自己就先动手搞了几期活动。每期有不同主题，但形式上，都是大段大段的歌曲联唱，用幻灯片演示文件播放、MTV

伴奏，安排大家自娱自乐，有时还会把外教请来一起参与。这样的形式相当讨巧：一来，不用费时排练节目；二来，“音乐无国界”，比之小品什么的，更容易获得众生的共鸣；三来，既民主又热闹，每次我们班都是喧腾腾的，让隔壁班羡慕不已。只是众口难调，这样的活动有思思那样积极参与，不管别人怎么说、只求自己唱过瘾的，也有张超、苏敏那样充耳不闻、淡定学习的，还有那个外教小姑娘，老是闹不明白大家想干啥，只能无聊地坐在下面啃手指，极具喜感。我一开始不放心，频频站在窗外窥视，发现教室里各个“流派”互不干扰、自得其乐，像日月星辰那样运行有序，后来就常常溜回办公室批改作业了。看着空荡荡的办公室，想着其他班主任们还在教室里流汗奋斗，我不胜欢喜！

再后来，活动不搞了，原因估计大多数人都猜不到，是因为班级整体的英语成绩不太理想，海健主动请缨，开始利用班会课给大伙补习英语了。虽然只讲了三四次，没能坚持到高三就“熄火”了，但还是很能证明他确实十项全能。

海健最外在的优点是写得一手好字。看他的字，你不会相信这是个少年所写。隐约记得多年前我看过一篇文章，言字写得好坏跟人大拇指的第二个关节密切相关。

换而言之，字写得好坏是天生的，后天的练习只能改善，不能引起质变。海健的字不是那种后天训练出来的章法合度，而是先天自带的灵气满溢。因为写得一笔好字，他频频被当时的德育处主任球哥“召见”，喊他去帮忙填写各种奖状。我也不得不频频到班级一遍一遍地叫“海健，德育处”“海健，德育处”。以至某天，文静幽怨地在班级里大声控诉，说我不喜欢她了，我愕然；文静更加愤愤，说我只喜欢海健了。全班爆笑。

海健确实讨人喜欢，而且不是“只讨人喜欢”。同学们喜欢调侃他“一串银铃般的笑声”，说话时甜腻腻的鼻音，以及一扭身时他胖胖的小肥腰风拂杨柳般的婀娜风情；老师们喜欢他拎着习题册追着提问，顺便还能差他干点儿活儿，而他每次都是快活地用鼻音哼出一个“哦”。这些喜欢的共有基础，就是洋溢于海健全身的强大自信。

班会课上，他唱歌，同学们说“扭”，海健就快乐地扭起来，就像在灯光四射的舞台上一样；英语补习课上，海健一手拿粉笔一手拿题册，大方自在地讲了起来，就像自己是老师一样；被大家调侃了，海健小腰一扭，羞涩一笑，并不恼火，就像全世界都在赞赏他一样。

各位千万别以为他缺心眼儿。海健的不在乎，正是因为他深知那些根本不值得在乎。当认准了自己要走的路，其他道路上的荆棘、猛兽、陷阱、流沙，又能伤我何？

写于2014届高三（2）班毕业九年后：一心想做英语老师的海健，高考并没有报考想读的英语教育专业。但是他大一时拼命读书，转系成功，终于踏上了自己想要的人生路。毕业后，因为一些客观条件，不能留在苏州教育系统，他又凭实力考进了南通的教师编，进入一所高中任教，一晃已经四年。

海健长得浓眉大眼，言笑晏晏，看上去就是一个超龄小正太。他高中时常穿一件红色连帽马甲，小姚老师喜欢叫他“小红帽”。记得当年会考，几乎每一科他都是第一个走出来的考生，我站在校门口，看见一个红色的身影远远地、一步一步地，踏路而来。大家知道，“小红帽”还是爱心志愿者的标志之一，那么海健一直以来的乐于助人、开朗热诚、积极阳光，还真配得上这个称号啊！

海健要去南通报到的时候，我很不舍，于是为他发了一则朋友圈。我说，看到这则朋友圈的南通人，请告诉南通教育界，苏州给他们送去了一枚“爱的金果”。

“乖宝宝”牌之心宇篇

写下“心宇”两个字，我觉得很是陌生，好像班级同学都连名带姓地喊他，也没有谁只喊他的昵称。因为他的默然沉静，悄无声息。我对他从不开玩笑，就是提问，也都是连名带姓；要是找他个别谈话，我一定小心翼翼，细声细气，好像在哄我的小外甥女，生怕一个简单粗暴的举动，就会在他的心中投下阴影。

如果给班里的同学都标注一个标签，吉明应是“多情”牌，豪杰则是“狂放”牌，徐华该是“甜心”牌，而心宇就是当之无愧的“乖宝宝”牌。

高二开学，在轰轰烈烈的家访过程中，我跑了十几家。高中的同学们都已经很有自我管理意识，在约好的家访活动中，迎接老师、致欢迎词、主动在合适的位置坐下全程陪同并顺便在爸妈“血泪控诉”的时候为自己激烈地辩驳几句，是大多数人的基本表现。雪仪如此，洁怡如此，陈洁如此，时愔也如此。心宇却不同，他仍然保持着小朋友的特质，乖巧地躲在自己的房间里，把老师交给爸妈去对付。我觉得不妥，硬是把他叫出来列席，他就一直害羞地笑着旁听，即使我和他妈妈句句都在谈论他，他也没表现出半点儿“被冒犯”的不适。再联想到之前找他谈话，不过一两分钟他就满头大汗的事情，我不禁失笑。是家长保护得太好，还是这个孩子本性太纯真？

心宇长得白净斯文，谦和懂礼，每每看到他快走时甩动两只手的样子，就像刚学会奔跑的婴儿，很容易激起我的保护欲。而每当课上出现了笑点、全场哗然的时候，文静一定是笑得前仰后合，豪杰一定是东摇西摆，其他人也都吵闹不休，有四下里询问经过的，有左右探讨引申的，心宇则仍然保持端坐低头的姿势不动。但你注意看时，却发现笑意挡也挡不住地在他脸上偷偷漫溢开来，你分明觉得他此时应该发出“哧哧”的笑声了，可是他笑到眼睛都眯起来，头一点一点地越勾越低，也不曾听到他发出一点儿声响。于是我不禁恍惚回想起来，很久以前的某个幼儿园小男生偷吃了一颗美味的糖果，既满足又怕被旁人发现时，又是憋着、又是开怀的模样。

但并不能因此就认为心宇柔弱或者迟钝。他是以全班数学第一的成绩分进二班，后来又考过两次语文的全班第一，可惜成绩不够稳定。连着两届校运会，他都是我们班的长跑健将，最开始看到名次表的时候，险险晃瞎我的眼，心宇居然以第三名的成绩战胜了空乘班的长腿肌肉男。后来又有几次个人谈话，虽然心宇仍略有局促，但他口齿清楚流利、有条理的表述，完全洗刷了初次谈话时大汗淋漓的窘迫。

就此，我完全可以理直气壮地呼喊一声“乖宝宝”牌薛心宇，而不是哄一声薛心宇“宝宝乖”！乖巧，而不是胆小；低调，而不是无聊。我不知道有多少同学对于心宇，和我有类似的观感。事实上，写心宇也不仅仅是为了写心宇，我希望我的学生们能够把眼界和心胸都放得开阔些，看到并且承认和自己交集不多的人、和自己不同类型的人。就像姚思源，我不能接受他用 1.85 米的个头拽着我的脑袋狂叫“嘉嘉姐姐”，但我赞赏他被无数人调侃仍不改其乐的精神。如是，才能发现生活的五彩缤纷。

萌系游侠之海永篇

不止一个人感叹过海永“可爱”“萌”，尤以小姚老师感叹次数最多。许多时候，譬如默写错了、考试受挫了、被呵斥了、遭调侃了，海永都仰天长叹，摇头苦笑，扑哧一声，很是无奈认命的样子，颇具喜剧效果，让人恨不得在边上给他配上个大大的字幕。这副模样我常见，但如果诸位注意到他扑哧一笑之前必然有的一梗脖子，换句话说，他必然先一梗脖子，然后才会扑哧一笑，或许就会改变想法了。毕竟“可爱”往往用于萝莉，而海永却更接近于“幽默游侠”。

海永的“游侠气”我早有认知。军训的时候，球哥指点说要抓住时机观察学生，以尽快找出合适的班干部人选。我就紧盯着几个我觉得合适的学生，然后不时在军训间歇大张旗鼓地给学生训话，自我感觉好极了。有一天，好像我正死命鼓励大家，大家也皆静默地听着，海永却脖子一梗，语带不屑地说了句极不和谐的话，一下噎住了我不停往外冒啊冒的豪言壮语……海永本人肯定忘了，我却深深地记住了他：一个刺儿头，班级不安定因素。

这一届学生军训后又重新分班，海永凭着中考成绩进了一班，本应与我再无联系。但高一上学期的期末却发生了一件在同学们看来很要紧的大事：他和我的二班里的一个男生因青春失控的激情和过度分泌的激素无处安放，竟然动手打架。那一阵子真的是兵荒马乱，一班的班主任筱燕姐和我不得不一次又一次找他们谈话。

十六七岁的小儿郎为了面子，管他会有什么后果，先不管不顾地把话说满，把面子挣到才是最要紧的事。

高二分班的时候，海永进了二班，另一个打架主角则离开了二班。两个人都是“面子不能丢星人”，带有浓浓的“梗脖子”气，就像“弃身锋刃端，性命安可怀”的游侠。两人如果同在一个班，要么成为交情过硬的兄弟，要么成为一山难容的“二虎”。两人还是分开的好。

当然我总觉得，在高中时代，和老师顶过嘴、陪同学翘过课、跟兄弟打过架，甚至向女生表白吃过瘪，都不能算是件彻底的坏事。这种经历，能够让他们反思、成长、内心丰富起来，从这个角度来说，海永还真是我们班里不可或缺的一分子呢。

狷介端方之沈丰篇

高二开学不久那个黄昏发生的事情，三年二班的同学们应该都记忆犹新。起因是啥不重要，挑起事端的是谁也不重要，总之那天晚上我被惹毛了，决定给小朋友们“收收骨头”，放学后全班留下来自习半小时。

这一招我在高一的时候经常用，原高一（2）班的同学们自然习以为常；新进二班的同学们即使不习惯，这十多年来跟老师打交道的经历也会让他们立刻习惯。于是我虎着个脸，站在讲台上，边批作业边不断地往下抛“眼刀”，力图在半个小时内让每个人如坐针毡，再不敢轻易玩那款惹毛班主任的“小游戏”。

其实我自己暗地里也叫苦不迭，这么晚了，窗外晾晒的衣物恐怕又要沾上露水。可我只能站在讲台上，和学生们一样越来越频繁地偷瞥墙上的挂钟，一分一秒地挨。眼看着还有一两分钟，大家感觉如释重负的时候，沈丰开口了。他说："老师，个别人犯的错，你为什么把所有人都留下来？""你这样做，对其他人都不公平！""你的做法符合学校的规章制度吗？"我没想到会有人提出异议，被问得目瞪口呆，措手不及。

当然无论是诡辩，还是论辩，沈丰这个青涩小毛孩都不可能战胜余麻麻。几句话堵住了沈丰的嘴。回到办公室，我心里却闷闷的。我感觉得到，沈丰其实并不服气。果然，作文课上，沈丰就用了三千字的篇幅，无数反语、嘲讽的语句，表达了他心中的愤慨。

不久，轮到去沈丰家家访。我以为有前面发生的龃龉，沈丰会对我横眉冷对。然而一路上他和我聊天，心平气和。我跟他说高一时就知道的他的逸事，他跟我讲此前的学习情况、心中所想，等进了他家的门，我已经没有一点儿隔阂的感觉。

随着接触增多，对沈丰的了解也越发深入。他实际上是个极敏感而极真诚的人，真诚到不能容忍自己的不真诚。他那天跳将出来，不是对老师的不尊重，而是他对自己所秉持原则的尊重；他想表达的也不是对老师的不满，而是对事情本身的不满。所以，沈丰就是位端方狷介的士人。无数文学作品歌颂的赤子纯真，不就是如此吗？

而且，沈丰后来的表现的确可圈可点。高二下学期，他因为默写出色，被给予“免背”的优待，还负责检查其他男生的背诵。高三上学期，因为成绩上取得的进步，被评为“桃坞月度人物”。高三刚过去的运动会，他参加男子接力赛，拿着红白色的接力棒狂奔，跑着跑着，乱了步伐的节奏，整个人像慢动作一样，跨着极大的步幅在空中“飞”了起来，然后跌倒在地上，又迅速地爬起，继续竭力地奔跑！那一刻，我想所有人都和我一样，既觉得可笑，又很感动，还有悲伤、担心、自豪。那一刻，我们不仅仅是老师和同学，还是同袍！

沈丰的真实就像金沙。

正如我前面所说的，沈丰不是一个刺儿头。相反，真诚的他比谁都渴望美好，期冀明天，为此他愿意拼命努力。他必然会走上社会，希望他能靠自己的赤诚之心，不断前进。我们该用什么态度去评价他的端方狷介？我们三年二班的温暖，会不会让他继续真诚下去，并且还能在思想上逐渐成熟起来？

写于2014届高三（2）班毕业九年后：让我想不到的是，沈丰是三年二班中和我联系最多的一个学生，我常常会收到他的问候信息。他做过一段时间的文学网站编辑。他给我看过他写的小说，笔力和笔法让我惊讶。他说话一板一眼，虽谈不上字正腔圆，但字字落实，思考自己，思考世界。现在借由深厚的文笔功底，获得了某单位书记员的工作。我相信，他一定能做得很好。因为真诚的人，一定会得到世界的真诚对待。

名动四中之小胖篇

小胖很胖，从外形上与当年的网络名人“小胖”极其相似，而且可能还更胖，加上他是学生会的负责人，足球社的社长，全校上上下下几乎没有不认识他的。

他名叫明哲，但他的外号早早就闻名全校，以至他的原名倒鲜少有人提及。每当和人谈论班级学生，有人后知后觉地讶然，惊呼“王明哲就是小胖啊”这类话的时候，我都感觉有点儿恍惚。

因为我真的觉得，“明哲”和“小胖”是两个人。我们每个人，都有两面性。

小胖出名很早。军训的时候，他的班主任发现他声音洪亮，就让他喊口令。小胖从来不吝惜力气，每喊一句，必定先猛地吸满气，然后直着脖子，用最大的声量吼出来，满脸通红，满身的胖肉直抖。他认真的态度和特殊的方式奇妙地组合在一起，让每个老师都忍俊不禁，觉得这是棵好苗子，可以培养成得力的小助手。后来重新编班，他进了高一（2）班。他军训时的班主任徐美人还几次在路上遇到时问及他的情况，小胖的讨人喜欢可见一斑。开学后，他担任了班里的团支部书记，很快他又获得了德育处球哥和团委倪书记的欢心。

高中三年，评选班级的形象代言人，小胖一直全票通过。

从小胖平时的表现看来，他一点儿不因为身材而苦闷、自卑。开学自我介绍，小胖毫不避讳地笑言，主动让大家叫他“小胖”，这个名字就此代替“王明哲”，成了他新的指称。他总是乐呵呵地跑上跑下，每个课间都要从四楼冲下去，买一堆的零食。他在学生会里“混”得也不错，在各个班都可以找到学姐或者学弟。总的来说，小胖的三年高中生涯，应该是亮色的、阳光的。

但我不知道该怎么评价他的“乐呵”和亮色。据我自己的成长经历和浅薄的见识，我觉得每个人在年轻的时候，都会有或多或少的自卑感。越是有饱满的追求，越会绝望于自己的能力；越是有敏感的内心，越会在面对美好的东西时卑微到尘埃里。不愿别人看出来，于是嘻嘻哈哈刻意掩饰，可是有时又渴望别人看出来，来安慰、肯定自己。

所以有时我会肆意地从自己的角度出发，揣度小胖。我想，因为外形总是先于能力被别人关注，他干脆就做个快乐的胖子。用“小胖”的形象和老师交谈，用“小胖”的笑脸和同学相处，而“明哲”被他深深地藏起来了！

“明哲”长什么样子呢？锋哥的字稳健大气，吉明的字缺棱少角，希益的字极力内缩。字如其人。锋哥有个靠谱大气的性子，吉明是个和光同尘的老好人，希益估计极度缺乏安全感。明哲的字则方方正正，一笔一画，像极了小学低年级的小豆丁渴望老师表扬时所写的字体。所以，我想明哲的内心应该是个害怕长大的人吧？他渴望站在人前，但是又害怕被伤害，于是就用“小胖”的形象，把自己深深地掩藏起来。

他乐于奉献，老师们指使他干活儿，他总是乐颠颠的；他喜欢表演，每次班会要搞活动，他都会和沈丰、宁鹏几个人排演小品，非常投入，认真到严谨的程度。但实际上，谁真的能“事事包办”？谁又能圣人到“事事愿干”？他不过是个普通的孩子，只是，为了“明哲”，他不得不做出勇敢的样子罢了。

可是有多少人不是这样呢？你敢说你没有勉强过自己？你敢说你展现在人前的就是真正的自己？我们每天小心翼翼地和世界接触，可能有人先天优势明显、少有顾忌，但绝大多数的孩子更应该互相体谅，搀扶着，磕磕绊绊地前行。那小胖，还有所有同学们，我们就互相体谅，搀扶着，磕磕绊绊地一起前行吧！毕竟，我们是一个大家庭。

写于2014届高三（2）班毕业九年后：小胖考进上海戏剧学院，毕业后一直在努力做演员。演员之路非常难，他回过母校好几次，笑讲甘苦，给我们看他参演的电影，依旧笑呵呵的。有部电影，他是和一位当红流量明星搭戏，小胖在其中的精彩表演让我们惊讶极了。我想，我可以得到九年前想要的答案了：小胖就是明哲，明哲就是小胖，他一直都在努力，塑造最好的自己！

标准好友之徐鑫篇

早就想写徐鑫，可每次都会呆坐在电脑前很长时间，而后黯然把屏幕上的名字换成别人的。虽然从高一开始，他就一直在我班里，但是我努力了好多次，还是无法用一个恰当的词语来形容他。直到现在，仍然不知该如何动笔。

要说徐鑫让我印象深刻的几件事，一是他刚刚得的外号：标准鑫，源于他某次家庭作业的答案和标准答案一模一样，这在语文大阅读上算得上“神迹”。他不是神，所以只能说明他比较笨，连抄答案都不讲究技巧。因此，每次被同学调侃的时候，他都露出羞愤欲死的神情。

其二还是和外号有关。他高二时，每周的例行背书总是拖到周五的下午，整个下午的每个课间，他都在教室和办公室之间奔来奔去，却还是来不及，最终拖到放学以后。几次下来，我恼火至极，管他叫“徐压压”——压轴出场的意思。第一次，我狂叫他若干声，把他叫得尴尬不已，结果下一周他依然故我，还是最后一个。于是第三周他没有压轴，并且在提前背完、准备转身离开之际，很认真地对我说：“我不是‘压压’。”

其三是一直看到他和孟达在空间里互相黑，经常用对方的 QQ 号登录，用对方的名义发些脑残的句子，惹得各个看客爆笑不止。我也是看客中的一个，每每笑到气都来不及喘。

其四则是关于他的挚爱。他和吉明是校足球队的中坚力量，他是守门员。曾经我路过操场，看到他戴着手套，一脸期待地站在球门前。升入高三后的某个上午，我在吉明的空间里看到凌晨三四点时的一则更新，欢呼某支球队的胜利，于是立马冲到教室去“兴师问罪”。吉明不在，我就一把抓过徐鑫，逼问他们夜半不睡偷看球赛的事情。徐鑫信誓旦旦地表示他从来不做这种事情，只会在第二天问问结果。当时我相信了，后来越想越不对劲，觉得自己一定被这个家伙给骗了。家访的时候，他爸爸可是亲口说过他半夜看电视的事情。

如此，我们就可以勉强拼凑出徐鑫的形象：阳光男，好脾气，有向上的强烈愿望，却总管不住自己想偷懒的心。

我写陈洁的时候感慨过，有不少同学在别的老师同学面前表现得妙趣横生，一到我面前就木讷呆滞起来。明明我觉得我对徐鑫很亲切，可徐鑫在我面前总是一脸的悲剧美。

对，真的是悲剧美！他总是深蹙眉头，眼含无奈，即使是在被我指责，扑哧一笑着辩解的时候，身子也是微微佝偻着的，眉间的川字纹从未舒展过。所以虽然他和孟达是好朋友，我也没法儿说他是个幽默的人。他仿佛将无尽的悲伤压缩打包，尽可能深地埋藏进心底最不起眼的角落，然后在脸上堆满笑容，既欺骗别人，也哄骗自己。可是悲伤还是顽强地长出芽来，伸展到他的嘴角和眼中。于是看着他，我也会慢慢悲伤起来，如同看到英雄失落后的苦涩，或者是感受自卑中的倔强。

这种感觉，在两次和他提到他爸爸的场景中更加明显。一次是前不久，为了高考报名需要些材料，可快到期限了他爸爸还没有办好，他在我办公室里略有些失态的愤然。另一次是某次考试后，我找他谈成绩，说了一句“我很伤心”，他下意识地马上回了一句“我爸更伤心”。几乎是同时，他的眼圈瞬间通红。

我不知道徐鑫在别人面前是怎样的表现，但从这两件小事，我能肯定他是个内心非常细腻的男生，这样的人往往善良多情，容易交心，有成为“好朋友”或“男闺密”的先决条件；但也很容易为情所伤，无论是亲情、友情还是爱情。其实，在标着青春注释下成长的高中时代，有这样一个同学是非常难得的事情，因为即使不是密友，二十年后在某个街头相遇时，他也会热切地拍拍你的肩，帮你记起可能你自己都忘却了的曾经。

写于2014届高三（2）班毕业九年后：看到自己九年前的日志，我才恍惚想起来徐鑫原来是这样。他每次回母校来看我时，跟我知无不言，让我都忘记他高中时的样子了。其实他在班里是年龄最小的一个，却也是最受欢迎的同学之一。大学毕业后他没有从事本专业，先后在几家饮料连锁店就职，并且做到了店长位置，我常找他“开后门”，比如去买星××的杯子、××甜的新品。回想起来，他一点儿也不“悲剧”，反而甜蜜蜜的，也不时地请老师同学们一起甜蜜。

小眼大牌之小马篇

我不爱看电影，电视剧更是敬谢不敏，不过我知道周润发曾经塑造过一个经典的荧幕形象“小马哥”，很对小朋友们的胃口。所以马志扬刚到我班里没几天，我对他的称呼就变成了“小马”。

不过我的主动示好看起来收效甚微，小马并没有因为我对他的亲近而热泪盈眶、涌泉相报，反而越发地拽，简直就是“耍大牌”！

如果按照时间顺序来记录小马进入高中以来的生活，我们可以清晰地看到他的蜕变史。高一时，他是在小莉老师的班里，我常听到小莉老师坐在办公室里用高亢的声音朝着走廊大喊："马——志——扬"，那时我就对他久仰大名了。但小马并不在小莉老师班里的"三宝"之列，那时据说他还是先进分子，担任着英语课代表一职。

然而我何其不幸，未能适逢其会，睹其英姿。从高二进入二班伊始，小马就一直懒懒洋洋、松松散散。不说他坐着必趴着、站着必倚着，就看他走路，总是双肩耷拉着，两手插在口袋中，头不扬、肩不动，就两条腿有气无力地撑着个并不壮硕的身体，匀速缓慢地向前平移，你就知道他的精气神有多微弱。

上课时，小马的经典造型是：双肩一缩，脑袋低垂，双眼微闭。我几次呵斥他上课睡觉，他都企图用"眼睛小"蒙混过关。所以后来我在呵斥之前，先用东西在他脸前死命摇晃，根据他的反应速度来判断他是清醒，还是在小憩抑或酣眠。

小姚老师对小马的学习状态是深有体会，抓会考时的痛苦经历虽过了一年，仍历历在目。当时我真心觉得"一马二公子"肯定是过不了了，但最后百分之百的通过率让我、万美人和神勇无比的校长大人都大喜过望，值得我们去大快朵颐、放声高歌一场！说好了，高考如果达标，我们还要去快意放歌哦！

不过这个成绩并不能让小马的“错误”一笔勾销，他有过三次放我鸽子、放学后径自回家的经历，让我仰天长啸，感慨其“耍大牌”的魄力。以至上个礼拜再留人默写时，因为小马居然没有溜走而让我大悦，轻松放了所有人过关。

我再三向同学们为小马表功，让大家牢牢记住是因为小马的“杰出”表现，让大家都得到了好处。加油，小马！你可以更英伟的！

其实小马不是个蔫巴的人。他一身酷打扮，再配上总是酷酷的呆巴表情，虽然身量不高，外形却并不单薄。运动会上，他还穿上酷酷的工字背心，甩开膀子跑了个接力。红白相间的接力棒在他手中前后舞动，步伐急促有力地向前冲刺，全身洋溢的那种朝气让你眼睛微红。他的眼睛小，一笑起来就眯成一条缝，也正因如此，笑容显得特别欢快、特别有感染力。

小马是个很快乐、很可爱的人。我有时会想起我曾经教过的学生们：那个给我从门缝里递凳子的小孩，他没有考上理想的学校，去开了家小杂货店，不知道生活得是否快乐；那个成绩不错的课代表，得偿所愿后的生活不知是否快乐。有时我会想，算了，就让他们快活一点儿吧；有时又会想，也许他们努力一把，就可以拥有一个不同的人生呢？

当然，我怎么想不重要，重要的是小马自己怎么想。我只能说，我努力不放弃，希望小马、所有同学也一起！

恣意妄为之思源篇

那天，小莉老师呵斥海健，说海健不厚道，听到她喊帮忙也不肯施以援手。我大惊，这实在不符合海健的健康“小红帽”形象。细问原委，才知道是中午时思源和孟达两个人在她边上扭来扭去，娇痴发嗲，让小莉不堪其扰，要海健将他们拖走。海健竟然肥腰一扭，银铃般地笑着飘走了……

我对小莉老师深表同情，且不说孟达，思源的缠功早就臻于化境。曾经有一次他迟到了，想要逃避惩罚，缠着我发嗲，他 1.80 米多的块头，却弯下腰死命抱着我的脑袋，一边销魂地扭，一边用甜得发腻的腔调大喊

“余麻麻，人家真的不是故意的啦！”可怜我1.50米多的个子，又被他压得喘不上气来，我现在都能完整地回忆起来，当时我使了多少“拳脚”才挣脱出来。

有人可能就不解了：你是老师！班主任！不是一露脸，全班就吓得肃静无声吗？这样说的人，一定有十年没有进过课堂，更从来没有遇到过如思源一样的人。

这样说吧，在三年二班，是没有思源这个称呼的，通行的叫法是“思思”。他是个很难被打败的人——我是说精神上。无论我怎么说他，他都会如吃了补药一样眉开眼笑，并且还抬起手，竖起兰花指轻掩小口，头低垂，肩微缩，眼睛飞快地电你一下，发出一串极清脆的“嘻嘻”笑声，整个不胜娇羞的模样。

我说：“姚思源，正常点儿！”

他委屈：“人家很帅的啦！”

我黑脸：“受不了了，看来应该叫你‘思思’！”

他惊喜地轻拍大手：“好呀好呀。”

我：“……”

他：“嘉嘉——嘉嘉姐姐——”

我：“给我闭嘴！”

他：“嘉嘉——嘉嘉姐姐——”

我暴走，留下思思在教室里对着全班石化了的同学掩嘴一笑，风情万种。这一回合，思思完胜，我大败。

后来，思思还不分场合地乱叫过几次“嘉嘉姐”，被我威胁，才改成了现在的“余麻麻”。只是他尝到了“不战而屈人之兵”的甜头，表现就越来越娇羞。同学们看不顺眼、忍不住恶心他的时候，却总是被他恶心到。

但我作为班主任，必须负责任地说明，千万不要以为思思真不正常。如果你多关注我们三年二班的大小事情，就会知道思思其实就是个表演爱好者。所有让人感觉无语的句子，只是他的台词；所有让人哭笑不得的举动，也只是他的练习！

这从他的演变史中可以找到证明。高二的时候，思思虽然不阳刚，但也不阴柔，热爱舞台，喜欢唱歌，还在全市高中生歌唱比赛中获过大奖。到了高三，他一度想考播音主持和表演专业，逐梦舞台，还找了个艺考辅导老师。

其实只要不调侃他，思思也不会人来疯。公正评价他，思思是个“大方得体”“善于人际沟通”“表现能力很强”的人。他跟每个老师都能大大方方地打招呼，大热天向我“赔罪”、请大家喝水的时候，会热情地帮门卫也买上一瓶，万般讨人喜欢。他学习成绩一般，却是文娱积极分子。他歌唱得极好听，又酷爱表现，每次学校活动都积极报名。有时不能登台，他还会怏怏不乐好久。大家调侃他，他当然不会不知道，但他总是当作一场斗智游戏玩得兴高采烈。

在班会课上、秋游的大巴车里、KTV的屏幕前以及任何能够放歌的时候，他都会毫不忸怩地放歌。在他而言，或许观众会漠然无视，或许麦克风会被抢走，但只要喉咙还能发出声音，歌唱就不会停止。

这真的值得大家羡慕——有这样坚定热爱的喜好，无论怎样的人生，精神都会有所寄寓。

写于2014届高三（2）班毕业九年后：还在大学的时候，思思因社会实践去某超市一线品牌店里做导购。据说他超强的沟通能力让他的业绩一路升—升—升。每朵花，在适合的环境里都能成为艺术品。某天，思思发了一条朋友圈，是对某个事件的愤怒声援，态度立场坚定，言辞有理有节，一看就是二十多岁的热血青年。看完，我放心了。

无法形容之宁鹏篇

每次和陌生人聊天，我都很怕别人问起我的职业。我深爱它，不愿听到一点点对它的批评。

这个其实好理解，老师就应该是道德的楷模、高洁的标杆。

人们往往羡慕我假期的悠长，而教师这个职业真正所占的大“便宜”，那就是我们永远拥有着青春，形形色色的青春元素：各种血型，各种星座，各种脾性、气质，各种血气方刚、少年情怀、爱恨情仇。当其他人年过三十，思想开始固化，成长停止，生活日日重复时，我们天天微笑着浸染于少年的欢乐中，倾听他们的秘密，分享他们的故事。而他们上课时、考试时、默写时，我又可以边工作，边凝神注视他们的年轻脸庞，寻找自己的青春印迹。

比方说吉明和前两届的班长一样多情，都会经常从教室这头跑到那头，只为从心爱的女孩身边经过；比方说副班长和我高中时的副班长一样，会在早读课上拿着一本书开讲；又比如说张超，那个敏感而自尊的少年，总是加倍刻苦，沉默无声地反抗；还有百荟，就像我当年一样的安静；还有小纪和文静，我也有过和她们一样的死党……

终于写到宁鹏了。前面铺垫那么多，宁鹏最值得我强调的特点大家也能猜出一二。他和我的一个大学同学脾性极其相似，那位同学和我交集很多，甚至我们之间还上演过滥俗的校园恩怨记，因此每次看着宁鹏，我都有种重回大学校园的错觉。

我一般不将学生们和大学同学相比，虽然他们现在和大一的学生相差不过一二岁，但大学里的青春是阮莞、郑微、陈孝正；高中里的青春是曹影、小纪、孙文静。他们一年后可能会长发微卷，衣着时尚；可现在仍是我的小朋友，活泼憨傻，一心读书，就像我自己曾有过的最纯粹、最珍贵也最没被在意的青春，生活在其中丝毫不觉其意义，一旦逝去又不断祭奠追忆。而唯有宁鹏，我隐隐觉得他应该也会有一段特殊的大学经历在等待他——当然对他来说，我的感受并不重要，他也一无所知。

宁鹏在班中并不突出，平常和倚敏交往甚多，两人皆是长话短说、短话不说的沉默个性。虽然每次小胖排练小品时，都要叫上宁鹏和沈丰，但他并没有因此在班级里更加抢眼。我不知道他是不是生性如此，甘于淡泊宁静，还是也渴望被关注，渴望成为中心，却不知从何做起。

中午，数学老师王美人气冲冲地来我办公室告状，告的正是宁鹏和倚敏两个，说她一再关照，一等再等，这两人却一直拖拉着不去面批订正。王美人问我，宁鹏到底怎么回事？我卡住了。如果问海健、问豪杰，或问其他人，我多少都能够说出个一二来，可是关于宁鹏，我真的说不出来什么。他就这样坐在他的位置上看书、发呆，却从来不和我说他的事情。唯一一次单独来找我还是受人之托，主动要求调到“较差”的位置，把第二排的黄金宝座拱手相让。然而以王美人的雍容尔雅，能让她动怒，可见宁鹏的表现不是一般的差。

我一直觉得宁鹏不应该是个无趣的人。小胖喊他

“小浣熊”，因其面容和“小浣熊”干脆面包装上的那位形神皆似，又乐意接受小胖的安排出演各种角色，可是他却一直在我这里寂寂无声。我知道他一定有自己的精彩之处，然而遗憾的是，我未能加入他这三年的成长！

温柔公子之亚宏篇

在进入二班的第一个星期，我就用一双慧眼看穿了亚宏的“本质”，他就是一个为花落泪、对月伤怀的温柔公子。当年闻名高二年级教师圈的“一马二公子”，小马哥志扬矢志不移地走“小马哥”路线，用种种特立独行来标榜自己的气概；姚公子思源已经换了个名字叫“思思”，除了外形，再找不到公子的样子；曹公子亚宏则将他的公子气质发挥得彻底。

如果生逢其时，亚宏应该就是王侯宅邸里终日诗社会友、兰亭雅集的贵公子。

我这样说是有原因的。亚宏身形修长挺拔，气质内敛，容颜秀美，走路时步履从容，欢笑时寂然无声，如果被我找来谈话，镜片后透出的眼神是令人恻然的凄凉悲伤。

高三学期初的时候，我找亚宏谈话，言辞中对他上学期“躺平”的行为提出批评。亚宏并不以为忤，而是认真地说，他想努力一把试试，神情不似临场敷衍，倒像想了数日后慎重下了决心。他的态度让我瞥见一丝希望。

亚宏在班里人缘不错，和小纪、文静她们尤其要好。我上课时，总会感叹同学们生活范围狭窄，失去年轻人渴盼远行的特质，鼓励他们利用现有条件尽可能多地出去走走看看，有次还顺便讲到了郊区的某片油菜花田。某个周末，小纪和文静就真的去了，还拐带上了亚宏。一路上他们不时给我打电话问路。在电话里，我听到他们年轻的笑声，再后来，看到他们拍的照片。

幸好我还乐于接受新事物，也幸好一直和学生们在一起，代沟总能很快填平。故而亚宏那忧郁而专注的眼神也能让我觉得是美的一种。总有人说我很显年轻，这大概就是做老师的“福利”了！

寂静无声之张超篇

“小儿郎辑”刚写没几篇的时候，文静就忧虑地问我：“你打算怎么写张超？”我呵呵一笑，心里却想：好一双慧眼，竟然看穿我的内心。我准备动笔时就把写张超当作最难攻克的一关，而文静随口一句就揪出了真相。不能算是英雄所见略同，而是张超真的是班级里最没有话题可写的一个。

貌似听过谁叫他“张导”，不知是否和洁怡的“黄导”内涵相同。但我实在无法判断，也无法弄清这个外号的由来。因为他如果不是去上厕所，就一定是静静地坐在教室的座位上，从不打闹，从不喧嚣，悄无声息的，如同站在时间之外漠然地看着三年二班同学们的嬉笑怒骂、爱恨情仇。所以要写张超，我没有什么有价值的东西可参考。他没有特别显著的特点，也从不刻意到老师面前来“晃荡”，我和他之间没有什么深入交往可以赘述。很久之前我就表达过我的心虚，但无论怎么延宕，总归是到了张超篇。而无论张超是否能看见——或许他一直不会来我的社交平台，我总不能胡编乱写。

说到这里，我觉得该愧疚的是我，而不是在我印象中特性模糊的张超。教育专家们呼吁要关注每个孩子的成长，说每个孩子都有闪光的亮点，每个小孩都有可爱的一面。所以不能给大家呈现出一个特质鲜明的张家儿郎来，肯定是我有疏忽的地方。

其实张超并不是一个木讷的人。每次提问或和他谈话时，他说着说着，就会露出腼腆的笑容。宁鹏的笑容是一副天真烂漫的模样，朱婷的笑容看起来扬扬得意，曹影的笑中有冷然的气息，海健的笑容则分外妖娆，吉明笑起来仿佛是在招呼别人放开手脚，徐鑫一笑则好像说尽了人生沧桑。笑容各不相同，张超的腼腆躲闪也就不显得多么特别。事实上，我也经常看到他和同学聊天聊得满面笑容，可笑容怎么看都有点儿落寞清冷的味道，好像那点儿热烈根本无法焐热他周身的寒气。所以当他从聊天场景中转身而出时，笑容就像冬天里呵出的一口热气，迅速地消失不见。

高二时发生过的一件事，让我对张超有点儿看法，他应该也知道。但他从没有试图改变，没有任何行动来重塑形象。我每写完一个人，都会暗中观察他近期的表现。比如说，我表扬玉婷上课时总能看到她那黑而专注的眸子，后来我每节课都在注意她是否坚持；再比如说，我感慨王虹总是长发遮脸，后来有一天，她扎起了清爽的马尾。只是张超依然故我的态度让我茫然。

私底下我特别赞赏曹影、江燕这种敢爱敢恨的个性，又特别感叹百荟、张超这样的寂静无声。我自己也曾有过，明明很想举手回答问题，手却仿佛有千斤重；明明盼极了登台，可在老师询问谁想登台时，就算心底的呐喊再强烈，嘴巴也发不出一点儿声音，甚至在老师目光扫过时，还会沮丧地把身形一矮，躲闪过去。所以上课时我总喜欢满教室地叫人发言，尤其是很少发声的，好像我多叫几个人，就能多几个人少些遗憾。

但又或许我这是自作多情。像张超、宁鹏他们，在我印象中不声不响，也许在别的场合、别的情境中却光芒四射，只不过我没看见而已。谁能要求别人对他毫无保留呢？

写于2014届高三（2）班毕业九年后：后来在汇编这本书时，我看了同学们写小伙伴的文章，发现不止一人提到了张超，而他们认识的张超竟然与我看到的完全不同。在同学们的笔下，张超有趣、单纯，喜欢拼搏，是数学学习上的一匹黑马；再回头看我写过的日志，发现在写别人时，不经意间提到他不下十次。果真如沈丰所说的，张超在班里绝对是个重点人物。而我竟因为他在老师面前的沉默腼腆，没有引起对他的注意。事实上这种情况有好多，张超如此，倚敏如此，可能小马、小胖、海永等都如此，我用一己之见，给丰富的个体贴上了窄窄的标签。

执着行者之志鹏篇

志鹏姓周，班里的同学们曾经很亲热地叫他“大鹏”。我听了觉得不错，发音铿锵响亮，简洁上口；而且刚学完《逍遥游》，这个称呼更显得亲切熟稔而意境高远。谁知我那天上课提问时，刚叫了一声“大鹏”就被学生们嗤笑，说这个称呼早过时了。当时同学们光顾着嘲笑我，也没谁拨冗告诉我大鹏的最新美称，直到今天我也不知道。

不过志鹏的 QQ 名我是知道的，“大素圆”。我们的 QQ 名五花八门，各种时髦的、神秘的、意识流的。有些名字我至今对不上号，但基本上能猜出他们想借此表达的情绪。志鹏的QQ名，我看不明白。

然而不明白就对了，因为志鹏是个艺术家！每日里用简单的色块，一笔一笔地堆叠成丰富的画面，或者用简洁的线条，三两下就勾勒出人物灵动的姿态。这种极简单又极复杂、极静止又极鲜活的世界，是志鹏的世界，和我们的不同！

如此一说，各位可能已大概想象出了他的形象：形容消瘦，脸色苍白，长发及肩，神色忧郁而专注，还略带点儿神经质……但你想错了。实际上志鹏身材高大，体格偏胖。他说话言辞诚恳，举止谦恭，办事可靠稳重。他的脸颊圆润多肉，嘴唇红润丰厚，粗眉大眼。要是各位看到他趴在桌上小憩时的样子：脸颊被压平、铺开，嘴巴微张，一副憨态可掬的孩童模样，一定会忍俊不禁。

志鹏的画画得确实好。暑假前学校曾给他布置了个任务，让他画一幅“苏州的古韵今风”，代表学校去市里参加比赛。开学那天他把画带过来，在班级里引起了不小的轰动。班里有特长的同学不少，比如思思的歌喉，沈丰的萨克斯。（然而沈丰会吹萨克斯，到了高三我才知道，前两年他从来没有提及过。）许多同学的特长都不愿意主动展示，就这样悄无声息地混迹在人堆里，不提目标，不说梦想。于是他或她在别人眼中就只是一个面目模糊的路人甲。二十年后，同学聚会的时候，也许只有名字还能让人有隐约的熟悉感吧。

但志鹏算是个有想法而且很执着的人，高二时立志考美院，然后就一路走到今天。他妈妈有时跟我打电话，说他在无锡的集训生活非常紧张，每天坐在画架前，一画就到凌晨两三点，第二天八点又准时上课。我听了感慨不已。想起自己曾经浴血奋战的高三时代，那时的艰辛欢笑，和同桌的互相鼓励，苦苦支撑，绝望与希望，夜半的寂静，清晨的狂奔，现在回想起来无比美好。但我回不去了，志鹏和三年二班的同学们还正在其中。可能他们不能理解我的那种羡慕，有些人如志鹏、小纪，他们在奋力；有些人，却已想着躺倒了。后一种人，将永远没有机会在若干年后恣意回忆曾经热血沸腾、挥汗如雨的青春。

志鹏的坚持让我很是赞赏。他的自律，应该有父母言传身教的功劳，更源于他对自身的要求。这一点，值得班里的同学们学习。

硬骨传奇之倚敏篇

这是“小儿郎辑”的最后一篇。在QQ空间发表的日志从小儿郎开始，以小儿郎结束。喜欢首尾呼应固然是语文老师的职业习惯，其中也有男生较之女生更难写的缘故。他们大多不像女生那么感性，惯于隐藏自己，所以我不断地左右观察，然而他们总是低头躲避，用不言不语混淆我的视听。我只能先写女生，把他们的篇目一再推后，直到推无可推。宁鹏如此，亚宏如此，张超如此，倚敏也是如此。

我知道，事实上他们远不是我看到的模样，亚宏的温柔多情在班里有目共睹，张超微微歪着头的腼腆笑容中潜藏着自信。我以为安静的宁鹏听说极其搞笑，老是对着小纪激动地大呼“啊，我的偶像！”。那么，倚敏和宁鹏是亲密好友，个性应该也差不到哪里吧？

我猜测同学们对倚敏的认识并不十分正确，至少是不够深入。班级里的小娘子们总是“眯哥、眯哥”的叫他，取其眼睛小的特征，有时还在谈笑间拿他开涮。但还是可以由此略知同学们对倚敏的认知：好脾气，可以“欺”。

这一点我不太能理解，不知是同学们没有看出来，还是倚敏没有表现得让同学们看出来。倚敏或许很少发脾气，但他绝不是没有脾气；他可能看起来比较软弱，但他骨子里堆了满满的强硬。

一个最明显的表现就是我从来没有看到过倚敏大笑，即使是在不得不笑的场合。比如说，路遇问候时，我找他谈话努力表示亲切时，他的笑容都浅浅淡淡，转瞬即逝。平时倚敏都是一张面无表情的脸，说他严肃也好，木讷也罢，寡言沉默也行，总之横看竖看，他都不像个喜欢被调侃的人。

我一度错误地以为他的沉默寂然是源于不自信，并以此来解释他的各种言行。后来，高二的某天，学校进行学情调研，看看有多少普高班的同学有报考空乘专业的意向。我懒得制作调查表，就直接让学生站起来，点人数。然而，三个问题问下来，站起来的人从三个到两个，再到一个。最后还继续站着的就是倚敏。窃窃私语慢慢地变成议论纷纷。的确，从外形上看，倚敏真算不得帅，个子不高，微胖，五官也不够俊朗。但在各种笑谈、怀疑声中，他一直站着，面无表情，看着前方。

我很后悔，不该采取这种无遮无挡的方式，简单粗暴地把学生的理想拿出来供人品评。然而倚敏用他的目光告诉我，他比我坚强。你能说他不自信吗？没有强大内心的人在众人的目光中，他站不起来！

从高一开始，倚敏就担任政治课代表，帮助政治老师监督同学背书，每天放学时还要在黑板上写下预习作业。他始终是一副不苟言笑的样子，有时被问急了，就眼睛一翻，不耐烦地回答几句。同学们哈哈一笑而过，不以为意。可能因为他胖胖的外形，或许是因为他的小眼睛，又或许是因为他不善言辞，喜欢沉默，同学们不觉得他会真生气。

讲《三国演义》的时候，我一直很心虚，一再强调自己是真的看过五遍。这时小胖和倚敏就是我的“救命稻草”，尤其是倚敏，故事情节烂熟于心，可见他对《三国演义》的喜爱程度。喜爱，一定源于认同；认同，意味着本是同类。从倚敏的喜爱中，我隐约看到了他的硬骨。

当然，我不是说没有读过《三国演义》的都不男人，我只是想强调，喜欢它的一定很男人。敢于坚持自己的特点，走自己的路，也是一种坚韧勇敢，而且这种精神一直为我所佩服。我想要表达的是，每个男生都是好儿郎，他们的青春都或隐或显地闪耀着自己的光芒。他们都是珍宝，值得我们互相帮忙记着，不要把他们弄丢在成长的路上。

男生小伙伴

辑二

三年二班的小娘子

女生小伙伴

真诚幼稚之文静篇

这篇写文静的内容，我猜想阅读量一定后来居上，远超前面的小儿郎篇。不仅因为文静的呼声最高，还因为文静在全年级、全校都鼎鼎有名。她常晃着二五八万一样的步伐，陪小纪、陪小胖，简直寸步不离，时而去三班骚扰一下张添，再回二班骚扰一下贾锋，再一转眼，已经一本正经地拿着笔坐在了课桌前……她就有这样的本领，让你在瞪着她、想怒斥她“发吹”（苏州方言中，“痴”和“吹”同音，故有此戏说）的时候也忍不住笑出声来。

文静长着一张标准的国风美人脸：面如满月，眼若丹凤，像人们都喜欢的那种喜气洋洋的福娃娃。我总为她遗憾，没有走戏曲艺术的道路，如若装扮起来，粉腮那么一打，眉眼一个勾画，再插上精美的珠玉翠钿，就是个无比端庄秀美的薛宝钗。但文静一直不满意自己的外形，每每提及自己的身材，总是黯然神伤。百般劝慰无果，对此我只能摇头。

人之相交，除了最初对外貌的惊诧或惊艳，之后谁会因为你少长一道双眼皮就对你排斥？又有多少人会因为你多了两个酒窝，就把你升格为知己？

当然，青春难挡的小娘子们不这样想。文静时而把刘海齐齐地梳下，时而又把它们分成个“八”字，最近她又把头发编成一个蓬松的麻花，一直编到辫尾。每当她笑得前仰后合的时候，那条辫子就可怕地横飞起来，仿佛刺向天空的画戟。但我估计也没有多少人注意到这一点。相对于那些细微的、常规的、皮相的、每天进行着的变化，朋友们其实更关注，或者只关注的是品性、言行以及由此派生出来的三观。至于你的辫子是麻花还是马尾，对于她们而言有什么不同呢？会每天根据你的发型来决定把你当作同学还是知己吗？

我眼中的文静真诚、真挚、真性情，也常于细枝末节中表现出善良、善感、善心。这应是她在班里人缘极好的原因，也是人世间的大美。生如夏花，极尽绚烂，即使是最不起眼的一朵，也用生命诠释着奔放自由。

她想哭就哭，有时会悄悄走进我的办公室，把额头信赖地倚靠在我的肩上默默流泪；她想笑就笑，嘴巴一咧，就会发出一串从“哈哈”到“吼吼”的笑声；她对人很有爱心，能够站在他人角度替对方着想；她也是个需要很多爱的人，如果没有朋友，她一定会马上枯萎。

我常常猜想，是她的成长经历太过缺乏关爱，所以才这么在乎友情呢，还是因为从小到大一直被家人包容保护，所以才这样阳光开朗？文静一直坚决拒绝我去家访，原因无从得知，但我觉得应该是后者吧。唯有一直被爱滋养的人才会随时随地表现出善意，也唯有被无条件包容的人才能这样肆意狂妄，青春张扬。

写于2014届高三（2）班毕业九年后：这一段，兼记小纪。毕业后，小纪先去了澳大利亚留学，过了一段时间，文静也去了。两个人这么多年依旧是铁杆闺密。但我基本是在朋友圈里看到她们的消息，很少在班级群里看到她们发言。她们和我的私聊更少。我有时会生闷气，当年我最疼爱的两个丫头竟就这样把我忘了！后来某天，我突然收到她们寄来的礼物，她们在微信中欢快地说：“余麻麻，你是不是把我们忘了？”又过了一段时间，她们从澳大利亚归来，约了豪杰、雪仪和我见面。一见面，文静一把搂住我，小纪眼泪流了下来。七八年的距离就在这一搂一抱、一声“余麻麻”的颤音中涣然消逝。真应了那句“女大十八变”，两人美丽时尚，都市感拉满，走在路上真不敢认啦！

完美成蝶之小纪篇

前些日子，和小纪叙旧，说在军训的时候我就和她有过接触。小纪巴巴儿地说："我知道，你当时帮我缝过裤子！"缝裤子的事我倒忘了，我记得的是更早些时候的事。凡参加过军训的人一定记得那几天悲催的日子。在球哥的旨意下，班主任们轮番拿着"放大镜"盯着同学们：就餐时不许擅自开始，就寝后不许发出声音。进入餐厅得排着队，等待一声令下才能进去。那天中午，学生们排队等待进入餐厅，我和另一位班主任负责维持秩序。这时，有个怪声在耳边响起，大意是说老师就能……学生就不能。我回头一看是建哥班里的黄色蘑菇头！从第一次看到她的黄头发，我就警铃大作。再看她盯着我时嘴巴微张、两眼无神的呆滞模样，我跨上两级台阶，离她远远了事。因此，后来有一天我帮她缝裤子的时候，其实脸色一点儿都不慈祥，她竟然还记得。

开学重新分班以后，小纪一进二班，便被我贴上标签：疑似问题少女。虽然后来她做了副班长，和文静、雪仪、黄静她们很快打成一片，我心里对她却总有一种要提高警惕的感觉。

后来班里发生了一些女孩子之间琐碎的小矛盾，虽不影响班级安定团结，但当事人之一的某姑娘数次在我办公室中痛哭流涕。我每每劝慰她，却收效甚微。某天晚上劝她到七点多，已是夜色沉沉，我实在按捺不住，把她“催”回家去。第二天我把小纪四人组叫了过来，让她们主动和某姑娘接近，用温暖、包容接纳她。好吧，女生之间的友谊常常通过一起上厕所来表现，虽然这一点看起来很奇怪，但小纪们的品行因此给我留下了非常深刻的印象。以前是因为她们喜欢八卦，我想要跟她们“聊天”，后来是因为她们的善良，我喜欢跟她们聊天。

再后来，小纪的黄毛不见了；再后来，高二重新分班，以她的学习成绩明明可以去一班，她却因为舍不得四人组其他成员而放弃；再后来，她在笔记本上写满笔记，拼命努力。

所以关于“问题少女”这个评判，在高一下学期就被否定了。慢慢地，对她越多一点儿观察，就越多一份了解，越是走近，越是欣赏。四人组虽然性格特点不同，小纪则是默认的“组长”。不仅因为她学习成绩最好，在班里排名前五，更因为遇到事情她是四人中最清醒、最理智的那个。

第一次到小纪家去家访，她的妈妈惊呼：“班主任原来是女的啊！”我流下三滴汗。这才知道，小纪的爸妈对她基本是“放养”。没人督促的小纪，居然能约束自己，在每本参考书上画出深深浅浅的横线，在每次考试时取得大大小小的战果。家访中，我听多了家长的“控诉”，说自己如何辛苦陪伴，如何不被理解。对比他们，小纪的父母真幸运啊！

感情的亲疏，常常会影响对事物的判断。按我现在对小纪的喜爱，当然一口咬定当年小纪的黄色蘑菇头纯粹是理发师手艺的拙劣。但如果当时她没有进二班，我们没有共同走过那段难忘的高中三年，我一定会带着偏见回忆她，这对她是何等的不公平，而对我，又是多大的损失呢！所以，要公正地看待一个人，一定要做到两点：一是等待；二是陪伴。等待她慢慢成长，陪伴她，直到你能换个位置，看到她的反面。

写于2014届高三（2）班毕业九年后：虽然在前面的文静篇中已经一起写了小纪，但还是要在这里补一句九年后的感叹：努力的人，真的会遇到幸运之神。

御姐初成之曹影篇

曹影高一的时候是团支部副书记。高二时班里需要选个纪律委员，就让她兼任了。到了高三，语文课代表转学了，曹影又受命于危难之际，毫无犹豫推托之意。一人身兼三职，由此可以看出我对她的倚重。

要说她一开始跟我走得并不很近，但让我放心地把一件又一件事交给她做，实在是由于她很有气场。虽然年岁尚小，却已有“御姐”的味道。

班干部中，班长吉明走的是亲民路线，副班长海健走的是才艺路线，书记小胖走的是认真路线；而曹副书记走的则是泼辣路线，全班男女，无出其右。有时，班会讨论某个话题跑得太远，同学们聒噪嘈杂，教室里一片混乱时，曹影就板脸甩出一句，立时安静，立竿见影。能有这种霸气的，全班无二，深得我心。作为纪律委员，她负责记录早上的考勤，我要求她把迟到者晚到的时间一一记录下来。有几次我不放心，还悄悄问她，有没有人为难她或者要求她“放水”。她讶然地看着我，好像不明白我在说什么。好吧，我真的多心了，曹御姐从来是制人，怎会受制于人？

曹影走路的速度不快，但目光直视，昂首阔步；双眼皮很美，但目光凌厉；长发乌黑，扎成一条马尾辫。

曹影是有底气的，她的语文默写本向来都是班级里的模板，字体大小适中，字迹清晰隽秀，关键是封面上的目录一串 100 分，赏心悦目至极。而上课时，记忆力超绝的她常是我的“救命稻草”。每当讲到某处旧知识卡壳时，我就会四处张望，有时是别人跳将出来，比如江燕或者朱婷，更多的时候是曹影来救场。如此，班里的青涩小男生在她面前纷纷缴枪投降，毫无叛逆的能力。

但曹影也是“翘脚”严重，每次考完试，她的数学成绩都是惨不忍睹。我一直不相信，有这样强大记忆力的人会学不好数学？我一直认为，她应该有更高的名次，更鲜明的希望，更灿烂的未来。

而未来，以她的能力和魄力，无论从事什么职业，无疑都能在那个领域打出一片天下。问题是，对于所有高三学生来说，高考尤为重要。曹影，你亦是如此吗？

欢颜璞玉之江燕篇

江燕是班里比较独特的小姑娘。要是用侧面描写的手法来表现，就是小姚老师对她的称呼。我们习惯把三个字的名字简化为两个字，表示欢喜；如果简化为一个，则表达爱意。但小姚老师叫她“小江燕”极不符合人们删繁就简的本性，如此就只能说明，小姚老师下意识里，就是通过强调这个“小”字，表达对她的亲昵。

而这个称呼一经喊出，马上被所有人采用，可见江燕的“小”为众人公认。

江燕的“小”表现在两个方面。一是外表。她身形瘦削，面存童稚，像极了你从小看着长大的妹妹，在你面前走着走着，你会觉得她马上就蹦蹦跳跳起来。二是举止。江燕为人，笑语切切，举止狷狷，时而和豪杰唇枪舌剑，时而对着徐华发号施令，有时她能惹得文静一脸苦笑，有时也能让老师无语问苍天。但不管别人什么表情，她总是笑眯眯的，眼睛微弯，漆黑的眼珠子露出快活的神情，嘴角得意地翘起来，脑袋还用力地歪着，摆出一副“我没说错吧”的样子来，像一只站在地上好奇地盯着人看的小麻雀，让人一眼看出她的色厉内荏，却又让人无法跟她真的计较起来。于是大家都摆摆手，哎，算了，谁让她“小”呢？

但是，那次校运动会上，原本报名女子800米的同学身体不适，体育成绩并不突出的她自荐于危难之时，一路跌跌撞撞地在跑道上坚持的时候，她又分明不“小”！而能在高考前夕的紧张时刻，一遍又一遍地帮同学复习，她又哪里“小”了呢？

所以，每次看着江燕，我的思绪总有起伏。

她天真烂漫，所以不知文饰，与人说话时不会含蓄委婉；她个性耿直，所以爱憎分明，与人相处时不肯敷衍让步。她的真，并不会直接转化为世人眼中的美；而她的善，却总在一来一回的口舌之争中被重重掩盖。

如此，她就像块奇石，不是公子挂佩的美玉，温润可亲；不是美人发间的步摇，炫目耀眼。但她有自己独一无二的形态，不经雕琢，质朴自然；有自己天然而成的纹理，无法描摹，不能复制。

我非常迫切地想要探知江燕的未来，想知道她此时此刻的经历会铸就她以后怎样的人生。每个家长都会有这样的焦虑：是扭曲孩子的天性，告诉她社会的真相以教她自保的本领，还是保护孩子珍贵的天真，让她在自由成长中尽可能快乐，坚持做她最熟悉自在的“自己”。

我希望我做的每件事都能于学生有益，于他们的现在、未来都有帮助。那么对于小江燕，我又应该如何保护呢？

写于2014届高三（2）班毕业九年后：江燕大学读的护理专业，现在是儿童医院的一名护士。从实习、考编，到选择工作单位，她都有很辛苦的经历。她跟我讲值夜班的辛苦、被患儿家属迁怒、收入太低，说到把病人抢救回来时是如何狂喜，还有目睹病人逝去时的无能为力……说着说着，刚刚还笑嘻嘻的她，一歪头，眼睛就红了，好像她的那些负能量，一碰到“善良”“真诚”，就溃不成军、自行消解。我总是希望我做的每件事都能帮助学生变成更好的样子。可是这个离开我已经九年的小江燕，用她的欢颜和泪眼让我知道，其实每个人的天性，都是上天给予的最好安排。

慵懒饕餮之雪仪篇

雪仪人如其名，肤白细滑，容颜秀美。高一甫见，我就在心里暗自赞叹。

最有特点的是她的一双眼睛。乍一看去，并不明眸善睐，但和她近距离接触、交谈时，你会发现，她好像在看着你，可定睛一瞧，她又没看你。那双眼睛眼神迷离，让人觉得她在神游，心不在焉。她却实在是一脸认真地在看着你，等着你的回答。有时说着说着，她会笑起来，眼帘微微闭合，眼睛一弯，眼神竟然更飘忽起来，好像在努力回忆久远的过去，或者在拼命忘记当下的不快，于是你会不自觉地心疼起她来。

雪仪小小年纪，父母疼爱，家境优渥，自然不可能经历沧桑。那样的眼神，或许只是因为她长了那样一双眼睛而已。看清这一点，你大概就会马上收起“同情”心；更何况，她背不出课文、回答不出问题的时候，我只觉得很气。

事实上，雪仪是个“活在当下”的人，像条金鱼，记忆只管七秒。高一时，她是语文课代表；高二时，这个职位被她弄丢了。在班里，她的语文成绩真心不错，作文写得尤其好，总能在细微处触发人的心灵，不止一次，我边阅读边赞叹。但也仅此而已，我给她的高分，并不能作为她努力的奖杯，也不能成为她奋发上进的基石。你不知道用什么方式可以激励她奋起，甚至看着她的神情，你都不能肯定她到底有没有在用心读书。

她就像苏州话中的“偎灶猫”，也不管灶炉里余烬的温暖是否还在，只懒懒地伏在灶前的地上，偶尔把眼睛睁开一条细缝，瞥一眼窗外飘飞的白雪纷纷扬扬；或闭眼缩成一团，任门缝中透过的阳光穿过细密的飞尘洒在身上。任庭院里怎样四季流转，如何风光变幻，她就这样懒懒地偎着，不管过去，不想未来。

除了慵懒，她的第二个特质是能吃。我曾经以为文静是四人组里的吃货，因为她总是能用难以想象的敏锐发现班里任何一个偷偷吃东西的人，然后号叫着扑过去，一番厮打以获得分享。可某次闲谈时，所有人都不留情面地揭开了雪仪的美女画皮，告诉我雪仪才是真能吃——在她修长纤细的小身板中，包藏着一个强大的胃和一副锋利的牙齿！就在今天，我亲眼看见她仅用了我用目光扫视教室一圈的时间，就把一个苹果干掉了。

大家应该理解我对她的怒其不争的心态了吧。雪仪情感细腻，爱恨自有缘由，却又装得很是坚强；她不笨，可背书的时候需要掰着手指计算背到第几段了；她能够用功，可是她总会在你叫到她的时候，带着一脸睡眼惺忪疑惑地抬起头。所以，面对雪仪，你需要调整心态：用老师的心态，气死了；用朋友的心态，嗯，她是个有趣的美少女。

写于2014届高三（2）班毕业九年后：日志写完不久，雪仪已经完全进入高考生的状态，不断给自己加码，写了几篇作文给我看。而如今朋友圈里的雪仪，自律到让人惊叹。她常常发在健身房里的自拍照，以至我误以为她是健身教练。小纪、文静她们回来的时候，大家碰过一次面，直到她走进房间坐下来，放好包，对我扑闪她的大眼睛，我还没能认出来。婴儿肥的脸全没了，都市女郎的魅力扑面而至。

双面伊人之黄静篇

黄静的长相稍带异域风情，高颧深目，说话时两腮的肌肉牵着嘴角微微往下撇，很是俏皮可爱，让人过目难忘。

但她出名是在当了我们学校贴吧的吧主，有着“生杀予夺”的权限。某次学校里发生了一点儿小事，有人在贴吧里写了些过激文字，很伤感情，黄静问我，要不要动用权限把它给删了。刚听说这事的时候，我很是仰慕她，因为那会儿我连贴吧用户都没有注册过。

于是我为此专门进去逛了一圈，把贴吧里几乎所有的帖子都看了一遍。后来每逢学校有“大事”发生就进去围观。可以这样说，黄静摘掉了我看待各种“吧”者时戴的有色眼镜。因为对网吧“乌烟瘴气”的固有印象，提起“吧”这种东西，我向来都是不以为然。

黄静在贴吧中用的是真名，这引起了一群人的围观。人们纷纷猜测“黄静”是何方神圣，不惮把真面目展示出来。话说第一次去逛“吧”，我就看到一个置顶的成员必读帖，大意是说，既然已经进了这所学校，你就已经打上了它的烙印，不要和别人一起瞧不起它。你都瞧不起自己，这不是邀请别人往你脸上吐口水吗？真有种，就用自己的努力和成功让它变成你的骄傲。大约如此。是老师们喜欢的正能量，言辞恳切，直击人心，赢得一片呼应。当时我觉得很感动，后来进“吧”必看。不知道发这个帖子的是哪一任吧主，但黄静们在管理这个“吧”的时候，显然是把这个当作“规矩”来遵循的。有时“吧”里也会有怪腔怪调出来，后面跟的帖子看热闹的有之，跟着起哄的有之，但一定会有更坚定的声音来劝阻、告知、解释、反击。

我不认为他们是为了讨老师的欢心才这样做，事实上老师的魅力没有想象的那么大。所以我相信他们是真的那么想，也不觉得说出来有什么不对。因此，端庄大气的黄静是我无条件喜欢的小朋友之一。

黄静还是个跑步健将，担任班里的体育委员。高二时我几次劝她试试走体育路线，她都拒绝了，我深以为憾。黄静的字迹秀美，读书认真，在四人组中，学习成绩仅次小纪。跟她相处久了，你会由衷感叹，在她时尚姣美的外表下，有一颗无比真诚质朴的心。无论是读书写字，还是与人交往，抑或对谁付出关爱，甚至是疯玩，她都会从内心里生出努力。看看玩贴吧的她如此踏实，再看看小纪读书时那么自制，文静追逐理想的努力，还有总是有气无力的亚宏，喜欢一梗脖子的海永，我真心觉得自己无比幸运。

距离上一次逛贴吧已有好几个月，不知黄静还是不是吧主。高三了，应该卸任了吧？小纪可是连网络都掐了。另外，黄静生日快乐！正好在她生日的当天写她，只是想要她知道有很多人爱她。那就努力吧黄静，用你的成功证明你值得被爱，用你的青春实现你的大学梦想！

写于2014届高三（2）班毕业九年后：文静和小纪回国后，相约见面的那天，四人组来了三个，黄静没有来，因为她刚刚生了小宝宝。她的先生也是我们班的哦！

迷你娇娃之时愔篇

时愔的爸爸英俊儒雅，还有点儿硬汉的气质；妈妈姿容温婉，连头发卷都散发着浓浓的女人味。因此时愔的娇俏可爱无须赘述。唯一遗憾的是她的身高，使她成了个比较“迷你”的美女。这一点，让她经常在谈及高度的场合，成为同学们的话把儿。

但我从不阻止，甚至一起大笑，因为我的个头比时愔还矮。我一点儿都没有觉得人生因此有什么不妥当，我的父母慈爱，公婆体贴，老公英俊，儿子聪明；我从事着自己从小就向往的职业，而且干得不错，还有一群热爱我的小朋友。如果我们学校评选“年度幸福人物”，我自信有参评的实力——这样的人生，除了矮点儿，没缺憾啊！

时愔漂亮时尚，软萌外向，一双滴溜溜的杏核大眼灵气十足，再加上欢笑时嘴角边一对浅浅的酒窝，足以让人醉倒，哪里还会在乎那一点点不完美呢？时愔显然也是这么想的，所以同学们才会无所顾忌地一次次开玩笑。时愔一次次娇嗔，然后大家嬉笑着，其乐融融。

大家千万不要以为时愔只是个“视觉美人”。课堂上我随口提到的一些诗词名句，能够接上话的往往都是她。后来去她家家访，她妈妈拿出一本快要翻烂的诗词鉴赏类图书给我看，说时愔晚上等开饭的时候经常会拿出来翻翻。我肃然起敬！她是真的热爱，才会反复翻看。这年头，有多少年轻人还有这种韦编三绝的精神？

时愔还喜欢画画，一直和玉婷、陈洁、海健负责出黑板报。就这样，一干就是三年，真心不容易。

三年二班的同学果然朴实天真，几乎所有教过他们的老师都如是言。

奇怪的是，我从来没有在四人组那里听到关于她的八卦。时愔就像是一朵盛开在青春里的花，持身严谨，气质出众。

写于2014届高三（2）班毕业九年后：时愔极有可能是我“捡”回来的。高一军训后又重新分班。报到那天，高一新生人山人海地挤在布告栏前看分班情况，然后又一股一股地涌向各自的新班级。我站在二班教室里往外一瞥，发现时愔还在教学楼前一个人孤独地站着，手足无措。军训时她在我班里，我认得她，就走出去问她。她那时不过是个刚刚初中毕业的小姑娘，哭丧着脸跟我说，名单上没有她的名字。总之，她就这样被我“捡”进了二班。后来她去了日本留学。我时常想，这么个玲珑可爱的小姑娘，一个人行吗？

婉约清浅之陈洁篇

在班级 21 位女生中，陈洁最符合我对小娘子的定义。

她身形纤弱娇柔，就是那个“豆蔻梢头二月初”的“娉娉袅袅十三余”；她的面容清浅隽秀，似喜似愁，就像在低诉“无人到，寂寥浑似，何逊在扬州”。和她说话时，她将目光藏在厚厚的镜片后，即使一个微抬，也如同小鹿般慌张躲闪。我从未见过她不顾形象地咧嘴笑。每次笑点来袭，她都很快地抬手，遮住嘴角浅浅的笑意，头微微一侧抬眼瞥过，又怕被人看见似的迅速垂下眼帘；如果是站着的，双脚还会不安地交替挪动一下，用现代文艺范儿来说，“最是那一低头的温柔，象一朵水莲花不胜凉风的娇羞”，若要走古典路线，则是“和羞走，倚门回首，却把青梅嗅”。

她一直扎一条马尾辫，厚重的刘海整齐地垂下直至眉间，如同高高的栅栏，密不透风地围住了她心灵的秘密花园，无论其间是怎样的姹紫嫣红、芳草如茵，不获邀请者，谁也无法得窥蹊径。

她颇具蕙质兰心，擅长画画，班里的班级园地、学习园地之类需要写写画画的，原先都是交给她和时愔，后来为着减轻她们一些负担，就分摊给了小胖、吉明他们，但最后还是会求到她的面前。我曾全程看过她制作海报的过程，剪刀在她手里一来一回，就盛开了一朵祥云；彩笔在她手中一描一画，就出现了七色彩虹。

这样的女孩，如果生活在有纳兰性德的清代，梳一把刷子头，握一方绢丝帕，或对着庭中芭蕉的重影，低吟“萧萧几叶风兼雨，离人偏识长更苦”；或立于斜月清辉下的西楼，遥望“风一更，雪一更，聒碎乡心梦不成”。而她的身后，应是有琵琶哽咽，呼啸流年。

所以，即使她也曾在班级中和好朋友一起吃过“美味”的小摊贩午餐，也曾在羞恼中拍过心怡的脑袋，我仍然觉得她是个文静内秀的小娘子，班级中有典型代表性的女孩。

可是，小俞老师说陈洁很有意思，心怡也跟着起哄，极力证明陈洁确实很有意思。刚写到第三篇还是第四篇小儿郎的时候，课间闲聊，文静幽幽地问我：“你真的认真观察过我们班的每个人吗？”那一刻我只能讪讪地顾左右而言他。

这一点其实是我和学生相处时一直存在的困惑。我喜爱他们每个人，但每个人因为性格不同，得到的关注也不同；我以为我了解每个人，可每个人可能并不完全了解自己。我觉得心宇是个乖宝宝，可有人无情地“戳穿”他；我觉得陈洁柔婉沉默，可连小俞老师都觉得她很有意思。照理人在紧张的环境下会忘记伪装，直露本质；在放松的情绪中会卸下心防，展现真相。那么陈洁在我面前表现出的谨小慎微和在小俞老师面前展露出的妙趣横生，到底哪个才是真的她？

去家访的时候，陈洁的爸爸说陈洁性格倔强。所以，我只能写出我眼中的小朋友们。反正没有一个人会简单地只有一个侧面，也许通过我的努力，各位能够看到身边熟悉的同学身上被你忽略的特点呢？

隐形女王之朱婷篇

本来没打算这么早写朱婷，但今天上课时被她一激，我又放出了“狠话”来，只能践诺。

之所以不想先写她，是想把她留到“小娘子辑”的最后一篇，用她的女王范儿给我的“小娘子辑”做个有力的收尾，也暗合“凤头、猪肚、豹尾”的行文法则。

班里的女生当中，朱婷和曹影是气场十足的两位。如果说曹影是御姐初成，可以用她刀锋一样的眼神秒杀一切青涩小男生，那么朱婷就是隐形女王，平时看着清新可爱，可一旦有人让她感觉不爽，马上会全身散发出凛冽的气场。无须飞“眼刀”，眼帘低垂即可；不用大嗓门，正常语速就行，但每一个和她对上的人，无不放弃抵抗，乖乖投降。

人证之一是江燕。江燕功力非凡，每次一使出她的“跺脚叽歪神功”，男如豪杰，女如文静，都走不过几个回合就败下阵来。但在朱婷面前，江燕功力尽失。

人证之二是海健。某次海健忧心班级的英语成绩，就扯了英语老师赵美人的大旗做虎皮，用自习课给同学们默写单词。念出中文后，因为包含这个意思的单词课本上有三个，大家就追问海健到底写哪个。海健要求都写出来。这下同学们不满意了，议论起来，海健顶住；同学们愤愤然起来，海健继续顶住；朱婷不爽了，依然保持眼帘低垂、奋笔疾书的姿势，只以古井无波的淡然口气说了一句“你好奇怪哦”。海健溃败，顶不住了，只要求写出任何一个都可以了事。

人证之三是本人。我觉得她额前快要遮住眼睛的厚重刘海儿实在太难看，于是力劝她把发型改改。忘了当时具体的对话内容，结果倒记得清清楚楚——只三五句话，我就铩羽而归。后来高三的某天，不知死活的余麻麻又试图对她的午餐内容发表意见，结果再次吃了个大瘪。

就这样，从同学到副班长，到班主任，朱家小女，威武！

这些都不重要，能让朱婷在我心中稳占一席之地的是另一个原因——整节课能清楚看到她的眼睛。老师们有个通病，一上课就会沉浸在自己的思路中，会无意识地始终跟某几个学生保持视觉交流。曹影、江燕、时愔、沈丰，还有不少人也会看着我。但给我印象最深刻的，尤其是上了高三以后，是朱婷的眼睛——黑白分明，透着专注，极其认真，有一种力量。就在此刻，我对着电脑打字时，她的眼神仿佛穿透了浓浓的夜色，沉静地直视着我。

朱婷的眼睛并不是最美，但为什么我会被她的眼神吸引呢？

热辣女汉之洁怡篇

洁怡姓黄，我早注意到学生们给她起的外号居然是“黄老师”！但我一直没有去探究得名的缘由。

我私下里猜测，这或许源于高三时校运会的入场式。最开始，我没打算让学生们在入场式表演上花任何时间，毕竟高三了，任重道远。最让我记忆犹新的是高二时校运会小姚老师班的入场式，每人拿一个气球，走到主席台前时列队站好，喊句口号，然后嘭的一声捏爆气球、走人——形式简单，气势非凡。于是我打算参考一下，让学生们每人手持一朵鲜花，走到主席台前，喊完口号后，把鲜花抛向主席台……这个很矬的创意被学生们无情地否决了。

就在我举棋不定的时候，洁怡拿出了那个后来名震桃坞的“四大才子”创意。接下来的服装租赁、动作编排、走位练习，都由她负责。当时，为着是在高中阶段的最后一次运动会，小胖强烈要求加入表演，这就又有了轰动一时的“秋香”。

那次校运会让我感动了很久，小胖喊口令之用力，喊得声音都变了调；贾锋投入地晃肩膀，根本顾不上保持形象；豪杰喊口号，奋力到全身都发抖；吉明作为班长，带头捋起袖子就上；希益迈开大步，一改平时的懒散模样。幕后英雄洁怡却颇为低调。

运动会之后，我曾建议洁怡将来从事创意策划类的工作。她的眼睛亮亮的，微笑着回答说自己早有设想，要开个婚庆公司。以她活泼外向的性格和充沛的精力，在这一行做出成绩，成为翘楚，也不是不可能的事。

洁怡的学习成绩算不上优异，这在一个学生身上简直是致命弱点。但若抛开成绩，她几乎全身都是优点：聪明漂亮，活泼开朗，大方干练，在班里有着好人缘。这样的姑娘，我当然不能简单地用“好、坏”来定义，可是我们已行至高三，没有退路可言。

因此，我无法放手让洁怡自由发展自己的兴趣爱好，而且不得不暂时碾压她的自由天性。

幸好小朋友们够坚韧。进入高三，洁怡仍然是活泼的，每每自称都是“女汉子”。运动会上，洁怡穿着工字背心在跑道上狂奔，热辣得像一道闪电；代表学校参加市运会，在铁饼、标枪项目上都有所斩获。她个性开朗，和男生处得像兄弟，称一声“女汉子”也不是没有出处。

我觉得，凡这样自称的女孩子都是内心感情易碎的人，只是想用这样威武的称谓掩饰自己的脆弱，她们或许更渴望得到有人不计条件的宠爱和不顾一切的保护。那么洁怡会是这样的人吗？她会一如既往地追逐梦想，把失败一直都远远地丢在后方吗？

娇憨格格之静宜篇

静宜是满族人，我还特地在网上搜过她的姓氏来历。

老实说，静宜的五官拆开来单看皆平凡无奇，眼睛不够大，鼻子不够挺，嘴唇不够润，可合在一起看，很是娇俏可爱，让你总想去逗一逗她，按按她的鼻子或者戳戳她的脸。她一直高高地扎一条马尾辫，还在马尾辫末端再扎一根皮筋，把发梢塞进辫子里去。每次奔上楼梯时，小辫子就跟着她的脚步调皮地一蹦一跳；刘海儿整齐地梳至眉间，厚厚的一大片，呼应着鼻梁上架着的大眼镜框。她笑起来的时候，娇憨满脸，青春可人。我曾想象她穿上旗装、戴上头饰的端庄模样，会觉得她就是个格格，深宫娇养，受尽宠爱，不谙世事，天真可喜。

她身上有着很鲜明的北方人特质。她的普通话，前后鼻音分得清清楚楚，带着动听的北方口音。听她背书就是种享受：她背《逍遥游》，“也”字的停顿就像音乐的过门；而双手背后、肚子微微前挺、摇摇晃晃、一板一眼背书的模样，像极了急切期盼长辈夸奖的稚子。

她粗心大意、丢三落四，估计从小到大都是个让父母操心的小迷糊。

还有200天就要高考了；再过几年，她们将走上社会，面对各种压力。

一想到被我们当眼珠子一样呵护的孩子，一想到静宜天真、巧笑倩兮的乖模样，我想，这些孩子如何关爱他们都不过分！可我又不得不为高考、未来不断地“挤压”他们，所谓的“纠结”就是这种心情了。

成熟气质之心怡篇

小姚老师在狠抓会考阶段曾经用她无比锐利的眼光总结我们班四个“yí”。这四个“yí”特点鲜明：洁怡爽快，雪仪慵懒，静宜娇憨，心怡妍艳。如果这四位小娘子往你面前一站，根据上述关键词，你就能轻而易举地把她们辨认出来。

苏州话里说“漂亮”叫作“登样”。心怡就是个“登样”的小娘子，杏眼白肤，骨架匀称。假设自编自导一场穿越微电影，那么心怡的造型一定是一身华服，抿着猩红的唇冷然端坐在高台上，仰首垂眸，小指一弯。

当然，连做了三个星期文学类文本训练的同学们一定能够看出上文的想象只是为下文做个铺垫，来引出我对心怡气质的感叹。虽然她在班里话说得不多，事做得不多，学习成绩不高不低，写字中规中矩，与老师的距离不远不近，可我仍能感觉出她比班里其他小娘子都要成熟、思维超前。

这一点可以用我和她谈话时的情景加以验证。我和她说些什么不重要，只要是我想把我的想法灌输给她，她都会先屏气，然后重重地把眼睛一闭再一睁，头一甩，叹息一声，说："好吧！"

去她家家访是相对轻松的任务。她妈妈把心怡从小到大的成长经历讲了个遍。心怡在一旁几度企图插嘴为自己辩白，都惨遭阻止。于是她屏气、闭眼、甩头、叹息……

物理组的罗美人和心怡有过一段短暂的师生缘，她跟我赞叹心怡做的笔记完整规范。其实我也知道，不只是心怡，每个同学都有想要被肯定、被瞩目的梦想，只是有人行动了，有人仍然在梦想。心怡就是那个我没有看到行动的人。或许其实是有的吧，不过她不愿让我们看见。

无心出岫之晨曦篇

今天天色阴沉。站在四楼的过道里，疾风低吼，裹挟着些微细雨扑面袭来，细针一样扎人。周日晚上6点的教学楼空无一人，灯光太过昏暗，连影子都淡到模糊不清。我到办公室为一会儿的晚自习做准备，心情有些压抑。因此我决定抽空写写晨曦，起码她的名字里有云蒸霞蔚的晴空亮色。

今天小霞老师还说起我们班的小娘子名字有多文艺，而我正打算写写小清新们。晨曦为人“清明”“清醒”“清澈”“清正”，却算不得“清新”，反而略有点儿老成持重的味道。我看过许多小娘子打打闹闹、蹦蹦跳跳，但从未看过晨曦蹦跳的活泼模样。虽然她也爱笑，但总笑得很腼腆，而且一笑就迅速地脸红。她善良和气，不喜争先，从不是人群中耀眼的中心，跟她相处，没有任何负担。晨曦应该就是那吹面不寒的杨柳春风，不吵不闹，不宣扬，不刻意，让你在不知不觉中自自然然地就度过许多时光。

晨曦的外貌也非常符合好学生的标准，一副标准的学生打扮，头发简单往后梳成一条马尾辫，质朴自然；再加上她白皙的肤色，略有情绪波动就会红透的眼圈，还有嘴角常挂着的笑容，无不彰示她内心的简单真诚。所以她即便不会在人群中被第一眼看见，也一定会在相识后被好好珍惜。

三年二班的教室就在我办公室的隔壁，因此总能在课间听到人声鼎沸。于是我就得从小姚老师和建哥身边镇定地走过去，然后冲到教室里去“镇压”。虽然已经高三，虽然他们已经很乖，但旺盛的青春荷尔蒙是无法被压制的。每每踏进教室，我常能看见晨曦安静地坐在那里，清淡、清浅，如无心出岫的晨云。

晨曦说话的时候会带着微微的颤音，像是因为腼腆而尽力勇敢。无论走路还是站立，身体都稍有前倾，显出保护自己的姿态。虽然她也很爱笑，但跟她说笑几句，无关内容，她都会慢慢脸红。她还喜欢将一只手插在口袋里……这些举止我理解为是她不自信的表现。

晨曦的学习极为认真。班里有七个住宿的女生，无一例外地都不需我额外操心，其中尤以晨曦为代表。她就像一朵小花，即使不是国色天香，不被爱若珍宝，也要倾尽心力地努力开放！

写于2014届高三（2）班毕业九年后：前不久，一位学生来看我时谈到晨曦，说她现在开朗自信了很多。回过头看九年前我写下的文章，依旧心疼那个安静的小姑娘。文中含糊地提到了几件事，当时写的时候，应该跟她有共同守护的秘密，有着自己人才知道的默契，现在则完全想不起来了。不知道她是否还记得。时间是块自动橡皮擦，我大喊着“不、不、不”，它依旧擦、擦、擦。

邻家有女之百荟篇

那天，文静发微信批评我，说我好久没有更新日志了。我嘴上兀自强辩，其实心里是很羞愧的。惰性果然是个可怕的东西，起先为着些许皮毛琐事不得不停更了两天，后来居然就一直用“既然……不如……”这样的句子，纵容自己一天又一天偷懒。

离文静批评我又过去了一星期，再不坐下来写或许就再也不会写了。唉，“百荟篇”就这样延迟了两星期。

百荟也是我早就想写，却又一直不知该怎么写的小娘子。

她极其安静，高一时在小莉老师的三班。当时我和小莉老师的办公桌紧挨着，能看到三班的学生进进出出，听到小莉老师在办公室里扯着嗓门召唤："刘豪杰——""周孟达——"就此我认识了很多人，有现在来了二班的王虹、静宜，也有仍留在三班的阮浩达、何逸州。百荟则不同，她可算是久闻其名，不见其人，经常听说，却直到高二分入我的班里，才真正见到她的模样。不知是她从未进过老师办公室，还是因为她安静得如同隐形。

百荟坐在教室第一排，虽然最靠前，却是上课时老师视线的盲区。老师们立于讲台，目光会投射于教室中部，同时沉浸在自己的思路里，嘴巴叨叨不停，与第一排的同学们确实是少有呼应。幸而班里第一排的几个同学都是奋力求进之辈，让我甚为欣慰。百荟就在其中，从不需要老师操心，安静地完成每一个任务。

看百荟的作业也是件轻松适意的事。她的字迹工整娟秀，默写正确率颇高。然而我对课堂上的百荟印象不深。她从不插嘴，不举手，不提问；也从来不迟到，不罚抄，不捣乱，不起哄，甚至让你意识不到她的存在。但你要以为她冷漠怪僻，就大错特错了。事实上她的人缘绝对不差，有几个进出相伴的好友。她就是那种或许跟你没有多大交情，但看到她的微笑你就愿意给予信任的人。她从没有大呼小叫的时候，也未曾有打闹嬉笑的表现，她就这样温和沉静地把自己的青春开放在热闹喧嚣的三年二班中，毫不起眼，毫不突兀，淡然从容，绝不羡慕。

但她绝不是怯懦胆小。高二的时候，学校计划建立一个“学生自主管理与服务中心”，作为学生会的辅助。和学生会招聘时自主报名不同，这个部门要求班主任来择优推荐。出于多重考虑，我绕开那些活跃分子，推荐了百荟，并要求她去竞选副主任的职务。我以为她会推辞，至少也会忐忑不安，然而她居然毫不犹豫就答应了。其后的竞选布置、撰稿演讲竟也没有向我求助，竞选成功了。

因此我可以这样说，百荟是个讨喜的姑娘，尽管她从不主动和我亲近。

百荟圆圆的脸蛋、腼腆的笑容总让我有这样的感觉——她就是一个需要很多人疼爱、很多人保护的小妹妹。当学生冲我叫“余麻麻”，我把他们当作儿女般呵斥、包容、谅解的时候，百荟并不在其中，她更像是恬然生长的邻家小妹妹，安然悄寂，令人惊喜，值得珍惜，仿佛在生活之外，却又在欢悦之内。无须托付，看着她嘴角微露的腼腆浅笑，谁能对她说得出一句重话呢？

清丽学霸之新月篇

新月人如其名，有双一笑就弯如新月的眼睛，皮肤莹白，宛如高秋朗月洒在寂静山路上的一抹清辉。记得很多年以前，电视上曾经播过一个广告：一群小学生蹦跳着经过斑马线，有个老人在边上默默守护，然后一个小女孩又折回来，笑眯眯地递给老人一件什么东西。东西是啥我忘了，但那个小女孩笑眯眯的眉眼一直印在我的记忆里。等到两年多前初见新月，小姑娘的眉眼居然又重新清晰；再回忆那个广告，那张灿烂笑脸就全是新月的模样了。

新月和文静是两种截然不同的类型，但两个人的人缘都极好。文静是“呼啸”着席卷全班；新月从不主动搭讪，却吸引着许多人想要靠近。不止一个同学私下里跟我提过要求，说想要专心学习，想要坐在新月的旁边。说到这里，大家应该恍然大悟了吧。新月，就是传说中的学霸呀。

但新月从来没有故意流露出“霸气”来，我认为主要原因是她有个在我们学校大名鼎鼎的哥哥。她哥哥比她高三个年级，新月进校的时候，她哥哥就已经毕业了。每每提起新月，众皆不以为意，但只要说起她的哥哥，人人都会惊叹说：“啊？她是 ××× 的妹妹啊！”她的哥哥才是真正的学霸，而且以专注学习出名。我曾特意打听过，所有学霸应有的特质无不在他的身上体现。跟她的哥哥相比，新月就显得懈怠得多，所以虽然班里人人认定她是学霸，她自己却并不以为然。

新月的学习成绩起初在班里并不显山露水，跟她类似的还有贾锋和江燕。高二会考前，还有四门必修科目要学习。每次考试结束，如果按照九门总分排名，这三个人的成绩都很靠前，贾锋还曾排过年级第一；而要按语数外三门总分排名，这三个人皆默默无闻。唉，又能怎么说呢？要想不落人后，只能自己奋力。幸好到了高三，新月语数外三门的成绩已经大幅提高了。

新月表面看来柔美清丽，内心却很是固执。狠抓会考阶段，我让同学们背知识点，但她背的和任课老师给的答案在表述上完全不同。我提出异议，新月也不跟我解释，只说她有自己的方法，直接要求我“放弃”——于是我就只能放弃。看来，我们班的小娘子们都是很有个性主张之人，我不断在她们身上吃瘪。想到她们都已十八芳华，敢于坚持自我主张，能够选定方向不退让，怎能不让人油然而生“吾家有女初长成”的骄傲和自豪。

写于2014届高三（2）班毕业九年后：新月大学学的是日语，后来考了教师资格证，做了日语老师。之前我从来没想过她会从事这样一份职业。毕业七八年后，她来看我，讲得最多的就是她在教学中的困扰和心得。海健也是如此。很开心学生能成为自己的同行，教过他们高中，又和他们交流如何做老师。据说，不久前新月又考取了法学在职研究生，人生路上再次大步前进。我欣喜于小朋友们一直行进在奋斗的路上。

呆萌甜心之徐华篇

徐华是个娇滴滴的小甜心。如果只是看她的照片，各位一定会耻笑我用词不当——和绝大多数高中女生没有什么区别呀。但你要是和她近距离接触了，看到她的举手投足、愁容笑靥，听到她的轻声细语，你会嘴巴微张，惊讶地说一句："果然是甜心呀！"

也就是说，徐华是个动态美人，或者说她的美不在外表皮囊，而蕴藏于她的气质之中。不是刻意的"作"，也不是故作的"装"，你看她跑上四楼时的气喘吁吁，上气不接下气；说话时的哼哼哈哈，前言不搭后语；一笑时气短心虚，手掩着的酒窝深深浅浅、时隐时现，自然就流露出一股小女儿天然浅淡的甜美娇气。

这种气质只存在于心无城府的天真赤子身上。在父母细密的呵护下，于锦绣芳华的年纪遇到一群同样“少年不识愁滋味”的同伴，于是她们才会“巧笑东邻女伴，采桑径里逢迎”，然后“元是今朝斗草赢，笑从双脸生”。唉，无比羡慕啊！

高一刚进校时，我让班里的同学每人写一份自我推荐书，其中有一栏是“你想为班级做什么事？”徐华填的居然是“劳动委员”。这个工作通常是由身强力壮的男生担任，需要在同学们偷懒的时候怒吼，在学生会检查卫生的时候交涉。徐华有这个意向让我太过惊讶，当然我还是批准了，还同时安排了个男生。结果第一次评比，我们班的“五项常规”评比总分是倒数第一。我问徐华，基本就得到“嗯、哼、哈”几个字，而且她的“嗯、哼、哈”带着浓浓的鼻音，表情又呆又萌，极其无辜又极其可爱。唉，徐华也做不成女强人。

徐华一直抗拒体育锻炼。每次看她跑步，边上的人都恨不得伸出手来推她一把。但上次运动会，她出人意料地挺身而出，报名参赛。看她气喘吁吁、脚步凌乱地踉跄着跑到终点，我当时鼻子一酸，果然是“板荡识诚臣”，我们三年二班的同学平时叫嚣懒散，真到了关键时候，是会让你满意的。

徐华敢于承担，再加上她总是笑眯眯、好脾气的样子，人缘好得不得了。某天我亲眼看到，斗志满满的小江燕和徐华唇枪舌剑，后来火药味渐浓。我正想干涉的时候，徐华说了一句退让的话，潜在的矛盾就此消弭于无形。江燕是只小麻雀，总是歪着头，用黑亮的眼睛调皮地看着你；徐华就是只百灵鸟，用她婉转细腻的声音收买你的心。

徐华坐在第一排，属于公认的学霸区域。她和江燕、朱婷经常用苏州话交流，口音中带有柔媚的古吴音。她的作业工整洁净，批改起来毫不费力。所以，徐华受到的种种喜爱都是有缘由、有出处的。这样的“甜心”，算得上是上天对我的最好的馈赠！

写于2014届高三（2）班毕业九年后：甜心徐华后来考取了药学专业，成了医院里的一名药剂师。“甜心”变天使。

美人如玉之玉婷篇

包括玉婷在内，还有五个小娘子要写，我的“三年二班”系列进入了倒计时，同学们的高考之旅也进入了“1”字打头的倒计时。班长吉明在他的个性签名里写道，等到小娘子再也无人可写的时候，我们离分别也就不远了。读起来有点儿忧伤。

为了组织纪念高中毕业二十年聚会，我的高中同学们拉了个同学群。无论当年是学霸还是学渣，是坐教室前排的还是坐在教室后排的，是关系亲近、分享秘密的还是通观三年毫无交集的，现在在同学群里一通热聊；然而有时聊着聊着就会冷场下来——等我们将所有能够记起的往事都回忆了个遍，终将无法回到过去。我们不知道网络另一端的人现在变成什么样子，甚至都想不起有些人当时长什么样子；我们不了解一起拼搏过三年的人在后来的二十年里经过了怎样的拼搏，除了回忆，无从感慨。这也将是三年二班的同学们在二十年后面对的情形：现在的形影不离，将来的茫茫人海；当下的汗与泪水，将来记忆的支离破碎。

同学们估计会觉得我很矫情。还有一百多天就要高考了，我很清楚同学们在这时候会表现出来懈怠松散，所以才会在每个课间踱进教室，像个监工一样晃来晃去。

我每次进教室看到玉婷不是在向同学问数学，就是有人在给她讲数学。这个学期玉婷的确在不断进步，尤其是她上课时的表现让我欣慰不已，我在讲课时总能看到她黑亮而专注的眼睛。

玉婷是一直乖乖穿着校服的人，实际上像玉婷这样的漂亮小娘子穿什么都很好看。每每课间操结束回班里，我走在最后面，都会顺便瞄两眼同学们的走路姿势，看她们三五成群青春逼人的样子。玉婷是其中最抢眼的一个，她刘海儿覆额，长发直直地垂在肩头；身材修长匀称，亭亭玉立；性格内秀温和，说话轻声细语。无论形象，还是气质，都是一个不折不扣的美人坯子。

玉婷还是个才女，学过一阵子美术，每期黑板报都是由她牵头，和时愔、陈洁、海健一起写写画画，从不要我操一点儿心。在每周的“五项常规”评比中，黑板报是我们班的亮点。

我对玉婷的了解算不上很深，同学们一致认同她是班里女生中思想最为成熟的一个。和新月、百芸一样，她不喜和老师交流。个性使然。要说比较深刻的印象，是新生军训时。她站在烈日下，脸色发白，身体摇摇晃晃，汗流满面，却坚决不肯去休息的倔强模样。玉婷给我的第一印象不错。

三年二班的每个同学，我是多么希望看到你们通过努力能够获得丰硕的成果啊！

秘密花朵之王虹篇

王虹是个与众不同的小娘子。

她个子不高，如今坐在教室的第一排；可曾经在座位例行调整时一度被安排在最后一排。她小小的个子坐在几个高高的男生后面，却甘之如饴，再次调整位置的时候还提出要继续坐最后。

她在班里朋友不多，进进出出基本是和玉婷或者思思一起。或许还有其他人，但我不常见。玉婷和思思也是从小莉老师班里来的。进入二班一年半了，王虹的好朋友还是高一时的那几个，虽然文静说，王虹和小纪、徐华也聊得很带劲，我却不以为然。据小莉老师介绍，王虹高一时在班里担任副班长，所以我有时会自我检讨，是不是我没能激发同学们的集体荣誉感，以致王虹掩藏了自己的领导特质，在班级里成为隐形，变得对班级事务不很上心。

我经常会感到焦虑，怕自己带班无方，让我们三年二班不能奋发求进；怕自己引导不力，不能激励同学们立志向上；怕自己贪图口舌之快，一言不慎误伤了同学们的自尊心。从这一点来说，老师对学生就像父母对孩子，而孩子总是看向远方。

王虹有一个特点尤其让人印象深刻，她会在和老师的每一次谈话结束后都说一句“谢谢老师！”。起初我们的谈话内容基本是一些关心、鼓励的话，她道谢一句我只觉得这个小娘子很懂礼貌。可某次我找她谈话，语气不善，话语锋利，我以为她会哭，可是她还是同往常一样，嘴角一抿，浅笑着说了句“谢谢老师！”，然后悠悠垂下眼帘，径自走了。

王虹像一个躲在壳子里的人，她的微笑就是最坚固的堡垒，好像只要微笑，就能挡住所有好奇的目光和外来的伤害，而她的心门只向被她承认的人敞开。

这一点从她的发型也能看出来一二。过耳中长发，齐刘海儿。然而她的刘海儿留得很长，剪得刚过两个外眼角，两侧的头发长长地垂下来，她的脸就只露出中间的一小条。平时她又很喜欢低着头，这样一来，两侧的头发就像屏障一样几乎把整张脸都给遮掩住，像一堵厚厚的围墙，外人无从探询，也透不出一点儿风景。

我这样写不知道王虹会不会有意见。所有掩藏自我、有着强烈警惕心的人，都不愿意自己成为别人关注、谈论的对象。我不知道什么样的人才能获得通往她的城堡的邀请函。或许不去窥探，不加打扰，相安无事地和平共处，才是她所喜欢的方式。

写于2014届高三（2）班毕业九年后：还是在高三的时候，写完这篇日志不久，因为一次考试成绩不理想，我找王虹谈心。我很焦虑，口气有点儿重，王虹的头越发低垂。看她有点儿瑟缩的样子，我有些内疚，不由自主地上前一步抱了她一下。她的身体一僵。我赶紧放开，觉得自己冒失了。去年某天，突然接到她的电话，说正在校门口，想来看看我。很快，她拎着很多水果到了我办公室。王虹的突然到来让我很是感动。她说起这些年工作中的磨砺，幸好牢记我当年的教导而能努力进行自我调节。在她的哽咽中，我深感欣慰，作为她的老师，无比幸福。

迷糊小姐之苏敏篇

在全班 39 位学生中，苏敏始终离大家很“远”，这非她所愿。

高二开学第二天，苏敏从以美食闻名的靖江转学而来，加入了我们的大家庭。虽然是分班后新组建的集体，但同学们总有几个高一时的老同学，没有谁会陌生孤单。苏敏来的时候，班里已经自动形成若干个互有交集的小团体了，铁打的四人组，小胖和宁鹏虽然高一不同班，但有军训五天时建立的友谊，这次算是“会师”……苏敏初来乍到，可谓人生地不熟。

下午课间，静宜格格突然食指点着下唇，半含娇憨半惊喜地问苏敏是不是在某所初中待过。苏敏的脸一霎间亮了，两个小姑娘马上叽叽喳喳地说起话来。一个说：“你知道谁谁谁吗？她……”，另一个说“哦，我知道谁谁……”就像两只绒毛小黄鸡一样吵闹而可爱。

不久，苏敏的妈妈打电话给我，非常关心苏敏的在校情况。我告诉她，苏敏很好，有好朋友了，非常适应。当时的对话言犹在耳，然而现在苏敏却离大家很“远”。

我不知道继续往下写会不会让苏敏很难受，但如果回避问题，这篇日志便毫无意义。

秋游前一天，我给学生们分组时发生了一场小小的风波——小江燕喊的那一嗓子“我不要和苏敏在一起”让场面一下子冷下来。苏敏不知所措地站着，无组接纳。看着她脸上勉力维持着的笑意，那一刹那，我对班里所有稳稳坐着、不发一言的小朋友们无比失望。

慌乱地结束了分组，我把苏敏叫到办公室。她仍如刚才一样面带微笑。我连忙道歉说“对不起”。苏敏“笑”着摇手，表示自己没有关系。我说：“你是不是觉得这个班级不够温暖，觉得不被大家接纳，很孤独无助？”一句问话，却仿佛戳中了她的死穴，她的眼泪唰的一下掉了下来。一个十七岁的小娘子能有多勇敢坚强呢？能够不泪洒当场，已经比我年少时好太多了。

其实这种事情已经不是第一次发生。高二下学期组织的春游，苏敏也是一路跟着我，可见她之不融于班级不是近期才有的。苏敏常常丢三落四，是个如假包换的“迷糊小姐”。她五官白皙柔美，身材匀称修长，再加上学习刻苦认真，成绩一直在班里稳居第三。秋游分组时男生不肯带她还好理解，女生为何也统统保持缄默呢？我向来欣赏班里有些同学的善良心软，可那天统统看不见。

后来，我找女生“聊天”，了解到苏敏说话有时不分场合，没有分寸，让人难以接受，最后纷纷远远地走开。

有些人天生迷糊，就像苏敏。可人家不会因为“我不是故意的”而给你额外的宽容，没人能够无条件得到优待。因此有些人能够朋友遍天下，有些人却只能踉踉跄跄，踽踽独行；在挣扎中，有人成长了，有人或许糊涂一生。

第二天秋游，下车以后，苏敏就一路跟着我。幸好没过多久，她看到了其他班的一个熟人，就飞快地跟我告别，愉快地投奔过去了。我猜想，那个下午，其实大多数同学并不是刻意冷漠，只是因为顾虑同组人的态度罢了。

苏敏从未就什么事向我抱怨，每天走进教室，我都能看见苏敏的微笑。不管怎样，她在面对种种不顺、不睦，甚至被无意加之的淋漓伤口时，用勇敢、乐观、不抱怨、不记恨面对，我觉得应该给予她热烈的掌声！

写于2014届高三（2）班毕业九年后：一开始想把这些日志出版的时候，我问苏敏，这篇日志可以发表吗？苏敏立刻笑眯眯地同意了。我又问，可以给我一张你的照片吗？过了好一会儿她才回复我。照片上的苏敏依旧白皙清丽，在玫红色上衣的映衬下，笑容柔和温暖，但又带有一种坚定的成分。苏敏从事建筑设计工作，倒是正符合她具有奇思妙想、发散性思维的特质。只要找准方向去努力，所有的特点都将是优势，这一点我深信不疑。

虽然，后来小儿郎和小娘子们的照片没发表，但那些鲜活有趣的人物将永远保存在我的电脑里。

涅槃重生之缪颖篇

这一篇其实是补写于九年后。十年前，语文课代表缪颖奋然纵身，在即将升入高三的那个暑假离开二班，去了以狠抓高考闻名的苏北。由此，整个高三，我们班教室里少了一个人。

后来，我开始在夜晚写我眼中的小朋友们。实际上我是非常懒惰懈怠的人，一直拖拖拉拉，经常被催更。因此，离开三年二班的缪颖就被我无限期延后，再延后……

班里不止一个人问我，怎么还不写缪颖？即使过了好几年，还有好几个人牵记她。我自己也一直心虚愧疚。

直到现在，同学们即将迎来高中毕业十年，我将把这些日志出版以作十周年纪念，而完成“缪颖篇”也成了我整理文稿的头等大事。

缪颖应该是班级里最具温柔气质的女孩，中等个，圆脸白肤，总是腼腆地笑着，大眼睛扑闪扑闪的。高一时，她是小莉老师班的，高二分到了二班，做了语文课代表。一般来说，脾气太过温和的人往往工作很难开展，缪颖却能很好地完成一应职责，还用自己的勤奋好学带动周围同学一起努力，因此她在班级里认可度很高。如果我没有记错的话，咋咋呼呼的江燕、霸气侧漏的朱婷、可可爱爱的百荟，跟她的关系都很好，课间常看到她们挤在一起讨论习题，热烈且毫无保留。

我很喜欢缪颖，但和对文静的喜欢不一样。缪颖这样脾气温和的女孩，不用把她叫到办公室耳提面命，只要远远地关注着就好；反而是如果关注得太多，会让她局促不安。因此对她的认知，更多的是来自我的观察。也因为这个缘故，当她的父亲给我打电话说她要去苏北上“冲刺班”的时候，我感觉很突然。

高三的时候，缪颖回过学校几趟，每次都是匆匆来去。去苏北经历过“锻造”后，缪颖的高考成绩是我们班的最高分。

再次见到缪颖是在一场学生的婚礼上。那场婚礼来了十几个三年二班的小朋友。男生基本没变，女生则变化较大。譬如朱婷，勉勉强强能和当年那个“隐形女王”对上号。而缪颖，我完全没有认出来。她的眉眼完全长开，变得大方知性，长长的卷发如瀑布般倾泻下来，又温温柔柔地用发箍固定住，斜绾到一边的肩上，我都不敢认了。她现在成了我的同行，在工业园区的一所学校做语文老师。原本她就讨同学们喜欢，现在应该一样受学生们爱戴吧？！

前些日子，沈丰又跟我提起缪颖，建议我还是写一写，说一个都不能少。他还说，当年我要求同学们写《我的同学》的时候，他就写了一篇有关缪颖的文章。沈丰的话倒是催促我一定要补上九年前的懈怠了。

率直不饰之张轩篇

“小娘子辑”一开始是随心所欲地写的，没什么先后排序，写完三分之二才开始考虑用谁来结束的问题。选择张轩做“小娘子辑”的收官之作，是因为我想要一个温情明亮的结尾，而张轩的故事恰恰可以。

张轩常被同学喊的外号有两个：“车干”和“轩霸”。无论别人叫哪一个，她都会很快活地答应，笑得没心没肺。现在的小朋友们的成熟完全超过了二十年前的我们。当年如果我们被同学起个不雅的外号，会难过得如同天塌下来。但现在大多数人被喊外号时，都笑哈哈地应诺，并不以为意。关于“外号”，并不能体现张轩磊落大度、率直不饰的性格特征。

张轩的外表是我最提倡的“学生味道”，衣着朴素，梳一条马尾辫，不事修饰。不过这不重要，更能体现她“率直不饰”的是在她身上发生的几件事。

高一时的校园文化艺术节，我们班的节目是唱一首《赞歌》，需要找几个人来饰演角色。一开始我以为会很困难，结果张添、张猛、贾锋等人稍作推辞，便马上答应下来。张轩则更是毫不矫情，欣然接受。老实说，她的唱功一般，算不上动听，但她没有表现出一点儿腼腆和退缩，而是一遍又一遍地和同伴们练习配合。后来正式演出时，也是大大方方，没有一点儿怯场之意。这种不故作姿态的率直个性真的很难得。

这些日子，我在放学前都要让同学们背书，每天十句，随机抽十人。有一天，忘了谁，站起来后哼哼哈哈，搞得大家都紧张无比。幸好最后憋了出来。这时张轩冒出一句：“都要吓死我了。”全班一静，然后大家哄堂大笑。我顿时石化。张轩就是班级的开心果，她的可爱由此可见一斑。

去年去她家家访，张轩如同所有学生一样，抱怨妈妈的“专制”。妈妈“揭发”她偷偷躲在房间里看电脑，她则“控诉”妈妈透过门缝窥视，完全就是女孩子在这个年龄段最经典的表现。

张轩的妈妈热情劝客，张轩竭尽全力地从旁阻止，我在一边坐着看着母女俩，突然觉得很温暖，又有些伤感。

当年会考以后，我必须告别朝夕相处的同学，回到无比陌生的苏州去，在户籍所在地参加高考。临行前，妈妈带我去跟老师们一一道别。

拳拳母爱，殷殷期盼，不过是借着道别给女儿以关爱。如今张轩应该能懂，同学们都会懂。

我对学生们的陪伴只剩一百多天，而父母对她们的疼爱却天长地久！借此，感谢所有学生家长，有了你们的辛劳，才有了我们可爱的三年二班！

女生小伙伴

附录

我眼中的

他（她）____________________

想做“双胞胎”的小纪和文静

余嘉传

刘海健

余师嘉者，姑苏阊门人也，生于书香门第。教语文，为三年二班之班主任。喜读书，博闻强识。自曰少时读于苏北某校，高三转回姑苏，习于五中。

予高二转至二班，闻其名，似曾相识。缘《师说》一句“余嘉其能行古道”，盖其取名于此。

余师为人平近，性宽温，未尝与予计小事。每吾等犯错，其必动之以情，晓之以理，待吾侪如儿女，凡吾侪皆敬爱之若母，无不爱戴有加，由是吾等俱称其“余麻麻”。师之为友，为益友；为师，乃良师。“师者，所以传道受业解惑也。”师讲学重“道”之相承，亦致力于“业”之传递，妙语盈盈，生动有趣，吾曹咸好其课。每遇难题，师皆耐心评讲，若有吾侪不解，或与其辩，师皆娓娓析其因果，至于解惑方止！

犹记高二会考，师不辞艰辛，为吾等冲刺，日夜操忙，以致一晚不慎，摔落台阶。吾等听闻此事，不禁震恐危急。然其虽病，仍来校督学促课，顾吾等学习。见其蹒跚而行，腿脚不便，吾与诸位同窗皆心有所触。

师严于吾侪之学，命吾侪入室即静，就座即学。班有自习，若闻我班嘈乱，必诲；如遇班静，必嘉。

寒窗十二载，吾曹幸遇之。2014 年，吾侪且赴“战场”。仅余 69 日，望吾侪继而奋学如饥，莫负其望。

愿岁月缓缓行，莫催吾师老！

学子 LHJ

于 2014 年 3 月 30 日

（学子不才，未曾写此，若有谬处，还望见谅）

爽快之老俞

王虹

第一次看见老俞是在高一，那时候我们的政治老师是加菲，老俞给我们带过一节课。老俞名叫俞斐玥。夏天，每次看见她都是简单的白色T恤加帅气牛仔裤的打扮，似乎白色T恤加牛仔裤就等于夏天的老俞，简单干练，一看就知道是做事情特别靠谱的人。冬天，她的穿搭不是黑色就是深紫色，三年里几乎没见她穿过鲜艳的衣服。

高二的时候加了老俞QQ，发现我们竟然是老乡，都是浒关人，顿时觉得亲切了很多。作为一个老师，老俞非常公正，她自己也说她这个人还是很公正的——听着总觉得有些“王婆卖瓜，自卖自夸”的味道。但也确实是事实。

老俞是个女汉子，说话直爽，为人豪气，做事认真负责。只要是她的课，每次她都是很早到教室，然后把书一放。老俞上课有个习惯，会提前一天告诉我们要做某道习题，或者抽背。万一要是谁不过关，就得找时间去她那里把所有需要背的知识点重新背过关。我也去她那里背过书。

老俞说话很直爽，但也很实在，往往简简单单的几句话就能戳到事情的要点，可谓一语中的。她说：“要融入你们班很容易，没事发个神经就好了。”哈哈，我们偶尔会发发神经，如果谁扯到一件事，一群人就开始叽叽喳喳，七嘴八舌，好一会儿魂才能回到身上。嘿嘿，只要不和我们谈学习、谈考试成绩，我们就是一群可爱的小朋友。

大爱之余麻麻

谈心怡

其实早就想写余麻麻，但是一直没有头绪。

“余麻麻”这个亲切的称呼来自思思。他每次迟到了，都要被罚做值日，罚抄写，罚背书，罚留学校。因此，他就会尽一切所能，说尽甜言蜜语，“余麻麻”就是他创造的。

余麻麻是我从高一到高三的班主任。高一刚入学，看见她个子矮矮的，比“小巨人”时愔还要迷你一些，头发黄黄的，似乎还有些乱，架着一副金属边眼镜。这就是我对她的第一印象。余麻麻其实身材很匀称，可她一直觉得自己胖。她穿民族风的衣服别有韵味。她的眼神很厉害，和我谈话时一直会盯着我的眼睛看，任我脸皮厚得像城墙也招架不住，不一会儿眼神就会飘开。她开玩笑的时候眼角会向上挑，眼睛里满满的笑意。

余麻麻的头发一直是我关注的焦点。高一时，她顶着一头很矬的黄头发，后来我才惊奇地发现，她的头发乌黑，传说中的乌如檀木也不过如此，只不过染成奇丑的棕褐色让我隐隐觉得可惜。

余麻麻最触动我的有两件事。第一件发生在高一。到了冬天，余麻麻裹上了厚厚的棉袄，可是班级里喜欢臭美的同学们穿得仍旧单薄，让余麻麻十分不满。我也在闷骚之列。“谈心怡，怎么穿这么少，不许！”余麻麻在课间公开高声对我喊。当着这么多人的面，我十分不满。想要争辩几句，又在她犀利的眼神中妥协。现在想想，真是负了余麻麻的好意。

另一件就是要小高考了，余麻麻留下来天天监督我们晚自习，有天晚上回家时滑倒了。第二天见她在楼梯上一步一步慢慢往下挪，觉得心里沉甸甸的。

冬天看见余麻麻满手冻疮，很想告诉她注意保暖，手套戴厚一点儿的；课间时也想和她调侃几句说说笑笑；周末也想和她在QQ上畅谈，可是每每对话框打开又关上。借此机会，我还是想和余麻麻说：余麻麻，我爱你！

菁华之赵菁

吴静宜

我们的英语老师姓赵，单名一个“菁”字。美丽温婉的小菁菁特喜欢用英文给我们起“绰号”，所选词语无一不概括出我们高三（2）班每个人别具一格的特点。

“把书合起来开始默写！第一个……”是的，小菁菁永远能在我们神游之时把我们打得措手不及；这样的意外，每周都会周期性地来个那么一两次，而每次突击默写的结果是只有少数人幸存，个别人完胜。最值得庆幸的是，每次我都徘徊在生死边缘，然后最终逃脱。仁慈的小菁菁，么么哒！

小菁菁是我最喜欢的老师，没有之一。所以每次上她的课，我都会认真听讲，积极回答问题（虽然多少会有点儿水分)。我常常在想，要是我成绩不好的科目换成小菁菁当任课老师，那我岂不是……那肯定是的。

可是我在这么喜欢她的情况下还经常犯错误，实在是欠揍啊。有一次听力没做，罚抄！有好几次早自习的阅读任务没完成，罚抄！最近一次是口语没背熟，罚抄！因为要把罚抄的本子交给她，心里都在发怵。只有为数不多的七十几天和小菁菁一起度过了！现在才知道我写的文章结尾有多烂啊!

但是我还是想以此致永远的高三（2）班，致永远的老师赵菁!

我与余嘉

孙文静

写之前我思索了许久，到底称呼老师什么最合适？想来想去，还是直呼老师的大名。我其实有许多选项，例如“老余”“余妈”“嘉嘉”或者“余老师”……可称呼“老余”显得我太老成，“余妈”则非我原创，“嘉嘉”过于肉麻，“余老师”又太过生分，所以我最终用了“余嘉”。

我自认自己是余嘉从军训开始直到现在唯一的贴心人。不知余嘉还记不记得军训前给我打的那个电话，我想如果我现在和她提起来，她一定会带着半分惊喜加半分疑惑地笑说“不记得了”。当时她的声音陌生带有疑虑，问我军训能不能参加。我记得自己刻意回答身体健康强壮，想去“讨好”余嘉，给她留下好印象。我还记得她用怀疑的口吻答道：“呵呵，身体很好对吧！呵呵……”军训那天早上是我第一次见到余嘉。那天她的打扮有些显老，表情严肃，让我有些失望。我本来希望能遇见一位浑身散发着强烈的女性魅力的知性教师，眼前的她却显得沉闷和古板。然而从军训开始后，我渐渐发现了她的幽默风趣。

我福气的外表和喜庆的内心很快俘获了余嘉的芳心，余嘉的幽默风趣也深深地吸引了我。而将我们的友谊带向高峰的是一本《盗墓笔记》！没想到看似沉闷的余嘉竟与我志趣相投，很快我们之间的感情便深化为惺惺相惜。

余嘉看似满腹诗书，修养极高，但实际上是个“小肚鸡肠”的人。高二的时候，小姚老师带着我们冲刺生物会考，临考阶段嗓子哑得说不出话来。我与小纪心中极为不忍，于是两人拼钱给小姚老师买了一盒润喉糖。事后余嘉知晓了此事，表示出了赤裸裸的“嫉妒”。我与小纪很喜欢教数学的陈燕老师，跟她交往颇多，前阵子我们还与小陈老师拍了合照。某个课间余嘉看到了照片，

眼保健操的日常

我们打趣说："老师又要吃醋了。"她便酸酸地回了一句："我已经吃醋了！"随后转身就走。我与小纪对视，笑了许久。

我名叫文静，实际上是一个不"文静"的人，尤其喜欢在余嘉的课上插嘴，与她"对峙"一番，结果往往是余嘉无奈摇头。看着她无奈的表情，我便打心底窃喜。

说到我与余嘉的关系，一两句话说不清。说到有相同兴趣的话题时，我们是极要好的朋友；在我犯错时，我们便是良师与不乖的学子；聊起"八卦"的时候，她是我的姐妹；在我发丝凌乱时帮我抚平、衣冠略显不整替我拉平整时，我更想叫她一声"妈妈"。我会关心她穿哪件衣服最适合，关心她消失了一上午是去了哪里。"妈妈"这个称呼，包含着我对她的情感和依赖。

我曾几次酝酿感情想开口叫她一声"妈妈"，但都没有说出口。一天傍晚，我在教室里等张添一起去上补习班，收拾好书包离开与余嘉道别时，竟情不自禁地喊出了"妈妈，再见！"。出门后我自己愣了一下，然后心情极好地蹦跳着下楼。

写到这里我忽然有些无从下笔了，有许多话想说却不知道该怎么落笔，草草结束。但我最后要说上一句：妈妈，我爱你！

“喝汤党”的朋友们

沈丰

还记得高一的时候，我与张超、志鹏、丁、戴、心宇，占了楼下的汤勺。我们轮流喝汤，其他人很难动到那只勺子。现在丁和戴已经去了十中，我和张超、心宇留在了四中，志鹏在经历了艺考后也归来了，真是艺术气息浓厚啊。

在我眼里，“喝汤党”的朋友都很优秀。

张超是一个喜欢拼搏的人，如今他的数学成绩已经有了很大进步，这都归因于他的努力。记得有一次，他是我们班唯一一个数学不及格的人。当然那是很久以前的事了。虽然张超在老师那可能默默无闻，但是在班中绝对是个重点人物。

周志鹏说："我看到张超就想笑。"因为张超经常会做出些搞笑动作。如果你与张超交往，那会很简单，因为你不需要猜测，他是想什么就表现出什么的。有一次我和他玩拍手游戏，他的想法通过表情都显示了出来，我毫不费力就赢了。张超是个老实朴素的人，说话从不高谈阔论。我们给他起了个外号——张导，希望他以后能多出"专辑"。

记得有一次张超生病住院了，我和几个同学一起去看他，他很热情地招待我们。后来听周志鹏说，张超生病几天，游戏图标也一直亮着，可见他带病还一直坚持在游戏第一线。唉，还是身体比较重要，怎么能沉迷游戏呢?

张超不会强求自己做超出能力太多的事，但在学习方面，他会让人意想不到。就拿数学考试来说，有一次，他突然考了一百多分，当时就把我给弄蒙了。张超是个暗暗努力的人，对于高考，他是愿意拼的。

志鹏，昵称大鹏。从外表看，给人无限的安全感。志鹏在父母的建议下选择了绘画，并最终通过了艺考。志鹏志向高远，他不局限于眼前的路，因为他觉得眼前的路太短了。志鹏还是位篮球健将，擅长抢篮板。篮板之下，谁与争锋。

薛心宇是个全才，成绩好，体育好。语文总考第一，长跑成绩也是名列前茅。我在跑一千米时总是跟着他跑，因为我知道这样我就能及格了。心宇是我崇拜的人之一。在交往中，我觉得他有些恃才傲物，在心中看不起某些人，只以实力说话。

心宇和我在一起时，都是我给他讲笑话。我也只能做这些了。在校运动会上，心宇拼尽全力，获得第三名，后来难受得不行。我扶着他走了一会儿，之后广播让他去领奖。当时心宇对我说他都有心理阴影了，不敢再跑这么快了。但是几天后的体育课长跑测验，他又遥遥领先了。

心宇不太爱说话，每次被老师或同学问到“薛心宇是什么样的人”，我都无法回答。我和他说话时，大多数时间都是我在说。这应该是他真的一面吧。

我觉得人与人相处，只要开心就好了。

有个男生叫徐鑫

时愔

看，有个男生坐在那里
他有一双好看的大眼睛和双眼皮
他的名有三个金
很开心能和他成为朋友
三年，他给了我欢笑
不知道从什么时候起，我们就成了很棒的伙伴
闲来无事说说心事，聊聊人生
最难忘的是高二升高三那年暑假
每天晚上在微信上东拉西扯，谈天说地

你喜欢足球，我也喜欢足球

你说我喜欢的罗本老了，再不是绿茵场上的“小飞侠”

一个“粉丝”是不会在意这些的好吗

真想在有生之年可以去现场看场世界杯

我想去阿根廷，我想去乌拉圭，我想去德国，我想去法国，我想去挪威，我想去比利时，我想去荷兰

10年后我们会变成什么样

10年后我们还会不会再联系

10年后我们会在哪里

还有，我们会是一辈子的朋友吧

我的三年二班

朱苏敏

还记得当年我刚踏进这间教室时，所有同学给我的感觉是那样的陌生。但随着时间的流逝，同学们对我有所了解，我也慢慢了解了他们。

时愔是个很随和的女生，性格开朗。说实在的，跟她在一起时，是我记忆中最快乐的时光；和她在一起时，不必顾忌无言以对的尴尬，因为被她的快乐感染了。

让我铭记于心的笑脸是属于纪业成的，那张笑脸渗透我的心间，触动我内心深处紧绷的弦。很多同学喊她“鸡仔”，或许是因为她的活泼好动，那手舞足蹈的样子着实可爱。

在我心目中最有胆量、最开放的女生是曹影，平日里竟有点儿不敢与她多沟通，或许是害怕她的坦白直接，但又实在佩服她的大侠风范。

直至“一模”时才知道黄静有轻微的洁癖，即使如此也遮掩不了她的贤淑聪慧，只是她像我一样的寡言。

张轩的言行举止无一不透露着大大咧咧而滑稽幽默的品性，跟她在一起心情总觉得被感染了一般。希望她能考上理想的大学，也不枉费这几个月的拼搏。

新月是个极其可爱的女生，希望她的未来依旧可爱绵延。

最值得我回忆的是可爱的班主任余嘉，看到她带病来到学校，心里有些痛，是因为她的坚持。她上课时的那份投入使我印象深刻，使我更加喜欢语文这门课。我会一直记得她对我们全班同学的好！

数学老师王云霞长得很美，我十分喜欢她。在她的指导下，我的数学成绩有所提高。上课时，她常会制造些幽默来缓解课堂中压抑的气氛，下课后有时会和同学聊些生活趣事。这样的画面我会永远珍藏。

英语老师赵菁课外知识特别丰富，每堂课都十分生动。然而最让我期盼和向往的是她口中描绘的大学生活。想对这样的才女说：不要忘了我们！

如诗青春

江燕

今天班里开了最后一次班会，感慨万千，由此写这篇日志来记录我即将逝去的高中岁月，记录我在四中的点点滴滴。

感谢三年二班的小伙伴们！感谢豪杰在我伤心时的安慰；感谢徐华的大度；感谢朱苏敏的包容；感谢小崔、百荟在我成绩起伏时对我的鼓励；感谢“鸡仔”的并肩作战；等等。在此不一一列举，但我铭记于心。

我觉得作为三年二班的小伙伴，最应当感谢的是我们的余麻麻。初次接触余麻麻是高一军训时，当时学校规定让我们每天写一篇军训日记上交。我记得军训时我并不出色，但第二天日记批回来总能看到一些鼓励的话。有时余麻麻会走过来轻声给我打气，这让我感觉挺温暖的。谢谢！高二小高考时也是一段困难时期，余麻麻留下来给我们看晚自习，与我们共渡难关。后来不慎摔伤，当我看到她倚着楼梯缓慢挪动时，觉得特别心酸。谢谢你的付出！高三时余麻麻用自己独特的方式爱三年二班的每一个同学，用键盘记录下每个同学的成长，羡煞旁人。高考越来越临近，同学们的心态开始起伏，余麻麻一直是我们的倾听者。总之，谢谢余麻麻，谢谢你的爱，谢谢你的付出！

三年二班的其他老师也各有各的特点。霞姐一直是女神范儿；赵菁性格很好；文文教了我们三年历史，时而严肃，时而搞笑，挺善于伪装；老俞一直是我喜欢的老师。给她们点赞！

三年就这样不知不觉地过去了，在此留下对老师的感激。谢谢你们！

毕业典礼上——高中的最后一次演出

后记　关于我的勇气

这是 2013 年年底到 2014 年年初，我当高三（2）班班主任的时候写的一些文字。原就是很平常的一个课间，我照例到教室里去兜一圈，然后被豪杰他们感动。愧疚于自己的不够细心，在深夜复盘一天工作的时候信手写下一篇千字小文，发在 QQ 空间里。谁知写着写着，就把全班的学生写了个遍，然后就开启了我乐此不疲的码字生涯。这些日志陪伴了 2014 届学生高三一整年的拼搏努力，同时也感染带动了他们。他们也纷纷拿起笔，写同学、写老师、写身为高三人的欢笑与泪水、彷徨与奋进。

回顾这些年，虽然努力甚少，懈怠居多，但仍能断断续续地写些小文章，主要得益于那一段三年二班的日子。在惰性和生活的冗杂中，每一位朋友、同事、学生以及家人的点赞、鼓励，都是推动我继续写下去的巨大动力。你如果在我身上看到信念和努力，看到不绝如缕的勇气，那么可以说，三年二班的同学们对我的宽容，给予我的信任，反哺给我的热爱，即使是十年后的今天，都是我的勇气最清澈浩荡的来源。

所以我决定将这些日志连同三年二班学生们的文章一起汇编成册。我希望借由这些文字，记录并传递我和学生们之间的故事，并让更多的人知道，做老师、做班主任，和学生获得一辈子的友情，是最幸福的事！

余嘉

2023 仲夏　于玉饮山房